I0784724

1939-1945
WORLD WAR TWO

AUTORI

Paolo Crippa (23 aprile 1978) coltiva sin dai tempi del Liceo la passione per la Storia italiana, soprattutto della Seconda Guerra Mondiale. Le sue ricerche si incentrano soprattutto nel campo della storia militare ed in particolare sulle unità corazzate a partire dagli anni '30 fino alla fine della Seconda Guerra Mondiale. Nel 2006 pubblica il suo primo volume, "I Reparti Corazzati della Repubblica Sociale Italiana 1943/1945", prima ricerca organica compiuta e pubblicata in Italia sull'argomento, a cui fanno seguito "Duecento Volti della R.S.I." (2007) e "Un anno con il 27° Reggimento Artiglieria Legnano" (2011). Ha all'attivo una quarantina di articoli per le riviste Milites, Historica Nuova, SGM – Seconda Guerra Mondiale, Batailes & Blindes, Mezzi Corazzati e Storia del Novecento, sia come autore, sia in collaborazione con altri ricercatori. Ha realizzato collaborazioni e consulenze per altri autori nella stesura di testi storico – uniformologici. Con Mattioli 1885 ha pubblicato "Italia 43 – 45 – I blindati di circostanza della Guerra Civile" (2014), "I mezzi corazzati della Guerra Civile 1943 -1945" (2015) e Italia 43 – 45 – I mezzi delle unità cobelligeranti (2018).

Paolo Crippa (23 April 1978) has cultivated his passion for Italian history since high school. His research interests are focused mainly in the field of military history and in particular on italian armored units from the 30s until the end of World War II. In 2006 he published his first volume, "I Reparti Corazzati della Repubblica Sociale Italiana 1943/1945", the first organic research carried out and published in Italy on the subject. In 2007 he published "Duecento Volti della R.S.I." and in 2011 " Un anno con il 27° Reggimento Artiglieria Legnano". He regularly contributes to several journals: Milites, New Historica, SGM - World War II, Batailes & Blindes, Armoured Vehicles and history of the twentieth century, Mezzi Corazzati, both as an author, or in collaboration with other researchers. He published with the editor Mattioli 1885 in 2014 "Italy 43 – 45 – Civil War improvised AFV's" (2014), "Italian AFV's of the Civil War 1943 - 1945" (2015) and "Italy 43 – 45 – AFV's and MV's of co-belligerent units" (2018).

Carlo Cucut è nato a Nole (TO) nel 1955. Ha coltivato la passione per la storia sin da ragazzo e negli anni ha approfondito questo interesse dedicandosi alla ricerca storica. Ha pubblicato articoli sulle riviste: "Storia del XX Secolo", "Storie & Battaglie", "Milites" e "Ritterkreuz". In campo editoriale ha pubblicato vari volumi per Marvia Edizioni: "Penne Nere sul confine orientale. Storia del Reggimento Alpini "Tagliamento" 1943-1945", vincitore del Premio De Cia; "Attilio Viziano. Ricordi di un corrispondente di guerra"; "Forze Armate della RSI sul fronte orientale"; "Forze Armate della RSI sul fronte occidentale"; "Forze Armate della RSI sulla linea Gotica"; "Alpini nella Città di Fiume 1944-1945". Per il Gruppo Modellistico Trentino ha pubblicato "Le forze armate della RSI 1943-1945. Forze di terra".

Carlo Cucut was born in Nole (TO) in 1955. He cultivated a passion for history as a boy and over the years has deepened this interest by dedicating himself to historical research. He published articles in the italian magazines: "Storia del XX Secolo", "Storie & Battaglie", "Milites" and "Ritterkreuz". He published various volumes for Marvia Edizioni: "Penne Nere on the eastern border. History of the Alpini's Regiment "Tagliamento" 1943-1945 ", winner of the "De Cia" Award; "Attilio Viziano. Memories of a war correspondent "; "Armed Forces of RSI on the eastern front"; "Armed Forces of RSI on the Western Front"; "Armed Forces of RSI on the Gothic Line"; "Alpini in the City of Rijeka 1944-1945". For the Trentino Modeling Group he published "The armed forces of RSI 1943-1945. Land forces ".

For a complete list of Soldiershop titles please contact Luca Cristini Editore on our website: www.soldiershop.com or www.cristinieditore.com. E-mail: info@soldiershop.com

Titolo: **I REPARTI CORAZZATI ITALIANI NEI BALCANI 1941-1945** Code.: **WTW-007 IT**
Di Carlo Cucut e Paolo Crippa.
ISBN code: 978-88-93275095 prima edizione ottobre 2019
Lingua: Italiano Nr. di immagini: xxx dimensione: 177,8x254mm Cover & Art Design: Luca S. Cristini

WITNESS TO WAR (SOLDIERSHOP) is a trademark of Luca Cristini Editore, via Orio, 35/4 - 24050 Zanica (BG) ITALY.

WITNESS TO WAR

I REPARTI CORAZZATI ITALIANI NEI BALCANI 1941 - 1945

PHOTOS & IMAGES FROM WORLD WARTIME ARCHIVES

PAOLO CRIPPA - CARLO CUCUT

INDICE

INTRODUZIONE

Già a partire dagli anni '30 il Regime Fascista aveva iniziato ad elaborare un progetto espansionistico mirante a controllare il Mediterraneo ed i Balcani. Il Regno d'Italia vantava già dal 1912 il possedimento delle Isole del Dodecanneso e dal 1926 il protettorato sull'Albania e, con questi presupposti, dopo l'occupazione del Regno di Albania del 1939 e lo scoppio della Seconda Guerra Mondiale l'anno successivo, Mussolini concentrò i suoi sforzi contro la Grecia, iniziando nell'ottobre 1940 una disastrosa campagna militare, che costrinse il Reich tedesco ad un massiccio intervento a sostegno delle Forze Armate Italiane. La debolezza militare italiana trasformò così quella che poteva considerarsi per l'Italia una guerra "parallela" per assicurarsi il controllo di Albania, Grecia e Jugoslavia, in una guerra subordinata alla Germania.

La Campagna di Grecia determinò la spartizione dei territori in aree di occupazione ed anche in Jugoslavia il Regime Fascista dovette accettare un'occupazione condivisa con Germania, Ungheria e Bulgaria. Mentre nei territori annessi al Regno d'Italia fu smantellato tutto il sistema politico e amministrativo preesistente, in Croazia ed in Montenegro il Regime concesse una limitata forma di indipendenza, mal accettata dalla popolazione locale. L'occupazione dei Balcani da parte delle forze dell'Asse e la conseguente distruzione dell'ordine politico preesistente crearono le condizioni per l'esplosione delle guerre etniche e l'inizio della resistenza, che fu combattuta violentemente attraverso una brutale repressione ed una serie di operazioni militari, soprattutto tedesche, che miravano a sradicare il movimento partigiano.

L'Armistizio dell'8 settembre 1943 costrinse i Comandi Italiani a compiere scelte di campo, senza aver chiara la situazione né le conseguenze di tale scelta, in balia dei tedeschi e dei partigiani, tutti interessati ad accaparrarsi le armi. In alcuni casi i tedeschi chiesero ai Comandi Italiani di proseguire la lotta con la Germania: circa 94.000 uomini aderirono sin da subito. A questi si sarebbero uniti più di altri 100.000 militari italiani, spinti dalle dure condizioni di prigionia in cui li avevano costretti i tedeschi. La maggior parte delle unità nei Balcani decise di arrendersi ai tedeschi, mentre un'altra parte invece scelse di combattere con il movimento partigiano.

LE CAMPAGNE ITALIANE NEI BALCANI 1939 - 1941

Occupazione dell'Albania

A seguito del rifiuto dell'ultimatum, inviato il 25 marzo 1939 da Roma, da parte di Re Zog I, il 7 aprile 1939 iniziò l'occupazione militare del Regno d'Albania da parte del Regno d'Italia. La prima ondata del Corpo di Spedizione Oltre-Mare Tirana (OMT) investì il territorio albanese suddivisa in quattro colonne, che sbarcarono a San Giovanni di Medua, Santi Quaranta, Valona e Durazzo, incontrando scarsa resistenza da parte dei deboli reparti dell'esercito albanese affiancati in alcuni casi da gendarmi e civili. Durazzo venne conquistata dopo solo 5 ore di combattimento, la mattina dell'8 aprile Tirana era in mano italiana, alla sera cadeva Scutari dopo ore di battaglia fra le strade della città. Il 12 aprile i combattimenti cessavano e l'Albania era interamente nelle mani dei reparti italiani. Re Zog con la famiglia e il governo albanese fuggirono in Grecia e furono obbligati all'esilio. L'Albania cessò de facto di esistere come Stato indipendente. In totale gli italiani che sbarcarono in Albania e occuparono il Paese furono circa 22.000. Tra le truppe del primo scaglione destinate allo sbarco, nella colonna destinata all'occupazione di Durazzo, erano presenti la Compagnia Carri Veloci del 2° Reggimento Bersaglieri, dotata di carri L3/35, e il Gruppo Carri Leggeri "D'Antoni", costituito dai Battaglioni Carri L VIII e X del 31° Reggimento Fanteria Carrista, equipaggiati anch'essi con carri L3/33 ed L3/35. Nella colonna destinata a Santi Quaranta era presente il III Gruppo Carri Veloci "San Giorgio", anch'esso dotato di carri leggeri L /33 ed L3/35. In totale furono oltre 200 i carri leggeri impegnati nell'occupazione dell'Albania.

Nell'estate del 1939 iniziò il trasferimento in Albania della Divisione Corazzata "Centauro", con il 31° Reggimento Carri su quattro Battaglioni carri L, dove, oltre ai compiti presidiari previsti, completò l'addestramento tra i reparti. Nell'estate del 1940 il 31° venne spostato nella zona Klisura – Tepeleni, nel settore dell'Epiro, in previsione dell'inizio delle operazioni contro la Grecia.

Durante l'occupazione venne trasferita nella zona di Scutari, nel nord dell'Albania ai confini con la Jugoslavia, la 1ª Compagnia Carrista di Frontiera, appartenente alla Guardia alla Frontiera (G.a.F.), dotata di obsoleti carri armati Fiat 3000/21 e Fiat 3000/30.

Guerra contro la Grecia

Il 28 ottobre 1940 iniziarono le ostilità contro la Grecia, probabilmente la campagna militare più disastrosa e funesta, data la breve durata, tra quelle condotte dai militari italiani nel corso della Seconda Guerra Mondiale. Fu una campagna nata male, condotta con pressappochismo, insipienza dei vertici, mal gestita, male organizzata, che, se non si trasformò in una tragica rotta, fu solo perché, ancora una volta, i soldati italiani seppero resistere in condizioni disumane al gelo, alla fame, alla stanchezza, alle ferite e, comandati da quei pochi ufficiali che onorarono il grado portato, riuscirono a bloccare l'avanzata delle truppe greche che ormai erano ben dentro i confini albanesi.

In quella immensa tragedia i carristi del 31° Reggimento furono i primi a passare il confine con due colonne, una principale con tre Battaglioni L 3 e una leggera con il restante Battaglione, nelle valli del Drin e della Voiussa, con l'obiettivo di investire Kalibaki. La lotta fu violenta e l'8 novembre l'attacco della Divisione "Centauro" venne sospeso, dal 15 iniziò il ripiegamento che si concluse intorno al 27 dicembre quando le due colonne si riunirono nei pressi di Argirocastro.

Da quella data e fino alla metà di gennaio il Reggimento venne smembrato, il II Battaglione Carri L del Tenente Colonnello Pannaciulli venne inviato verso Himara, dove il giorno di Natale fece esplodere un deposito di munizioni, il IV Battaglione del Tenente Colonnello Zappalà raggiunse la zona di Logorath, il I Battaglione al comando del Maggiore Congedo fu dislocato nella valle della Voiussa a nord di Tepeleni, mentre il III Battaglione venne trasferito nella valle del Devoli, al di fuori delle dipendenze del 31° Reggimento.

Intanto il 12 novembre, proveniente da Bari, dove si era imbarcato l'11, sbarcò a Durazzo il IV Battaglione Carri Medi del 32° Reggimento Carristi della Divisione "Ariete", che venne messo prima alle dirette dipendenze del Supercomando d'Albania, quindi di un corpo d'armata e infine alle dipendenze del 31° Reggimento Carristi. Il 20 novembre iniziò lo spostamento verso la linea del fronte e dai primi giorni di dicembre cominciò una faticosa ed estenuante serie di spostamenti di plotoni o compagnie verso le località dove più forte era la pressione dei greci, in alcuni casi i carri vennero mandati verso valichi montani di oltre 2000 metri, dove la loro utilità era assolutamente nulla, ma in compenso i trasferimenti usurarono motori, organi meccanici, freni e spesso i corazzati rischiarono di precipitare nei profondi dirupi.

Ai primi di gennaio del 1941 le due Compagnie del IV Battaglione Carri Medi si riunirono per essere spostate nella stretta di Klisura, punto di importanza strategica per la difesa italiana e punto di partenza per puntate offensive che potevano alleggerire la pressione sulle vette del Golico. In collaborazione con i carri L del II Battaglione, il 27 gennaio, dopo ricognizioni effettuate nei giorni precedenti dal comandante della 1ª Compagnia Tenente Passalacqua, nella mattinata partì all'attacco il Plotone del Tenente Panetta che, visto il ponte sul Desnizes interrotto e l'impossibilità di guadare il fiume, ritornò alla base di partenza con i carri danneggiati, ma nel pomeriggio, su ordine tassativo del Comando d'Armata, un secondo plotone, al comando del Tenente Sategna, ritentò l'attacco. Come già verificato dal Tenente Panetta, era impossibile superare il torrente, ma l'attacco ebbe luogo e si concluse con l'annientamento del Plotone, con tre carri distrutti e l'unico carro sopravvissuto riuscì a rientrare con morti e feriti. Il Tenente Passalacqua, nel coraggioso tentativo di trovare e recuperare superstiti, partì seguito dal carro del Tenente Panetta, ma i blindati dei due ufficiali, non appena arrivati sul luogo dove giacevano i relitti dei carri del plotone di Sategna, vennero a loro volta centrati dalle salve di decine di cannoni anticarro e da campagna che i greci avevano ammassato oltre il guado. Il carro del Tenente Passalacqua riuscì a tornare alla base di partenza, ma successivamente perirono tutti i membri dell'equipaggio, mentre il secondo carro si fermò prima di arrivare al sicuro e l'equipaggio dovette abbandonare il mezzo, mettendosi in salvo a piedi fino alle linee tenute dai Bersaglieri. Per l'azione condotta al Tenente Passalacqua verrà concessa la Medaglia d'Oro al Valor Militare. Come risultato dell'utilizzo scriteriato dei carri armati, in questa azione il IV Battaglione perse 7 carri, due ufficiali e quindici uomini, un pesante bilancio per un risultato nullo, peraltro già scontato in partenza.

A partire da quella data i carri leggeri e medi, sotto il comando valido e deciso del Colonnello De Lorenzis, comandante del 31° Reggimento e responsabile del settore della Voiussa, iniziarono una continua serie di piccole, modeste ma redditizie azioni, fatte di cannoneggiamenti e mitragliamenti verso le linee greche e di rapidi sganciamenti, che provocarono uno stato di allerta continuo nel nemico. Nel mese di febbraio durante queste azioni vennero persi altri due carri M13/40 nella stretta di Zagorias.

A metà marzo un Plotone di carri medi venne inviato in supporto agli Arditi nella conquista di quota 731, la quota sacra di Monastir, ma anche questa azione si risolse in un fallimento con la perdita di 4 carri armati, tre distrutti dal nemico e uno finito fuori strada. Continuava intanto la corvè dei piccoli carri L3, che incessantemente svolgevano il ruolo di mitragliatrici mobili, trasporto viveri, munizioni, posta e di portaordini.

Tra il 23 e il 24 marzo il Reggimento, composto dai resti dei tre Battaglioni Carri L e dal IV Battaglione Carri M, si trasferì nei pressi di Tirana, dove trascorse una settimana dedicata al riordino ed al riposo, dopo cinque lunghi mesi di attività continua. In seguito allo stillicidio di mezzi subito nei mesi precedenti, il 24 marzo il IV Battaglione poteva disporre di soli 18 carri M13/40 efficienti. L'officina reggimentale lavorò a pieno ritmo per rimettere in efficienza i mezzi, ma se alla fine del periodo di riposo i tre Battaglioni Carri L erano tutti in piena efficienza, il Battaglione Carri M dovette procedere allo smantellamento dei carri più malandati per poter mantenere solo 18 carri in grado di combattere.

Grazie all'arrivo dall'Italia di due Battaglioni di complementi fu possibile rimpolpare i reparti più provati, mentre il resto dei nuovi arrivati andarono a costituire due Battaglioni di Carristi Appiedati, che ben si sarebbero poi comportati durante la campagna contro la Jugoslavia.

Invasione della Jugoslavia

Il 25 marzo 1941 il Primo Ministro Cvetkovic firmò il patto di adesione della Jugoslavia alla Triplice Alleanza tra Italia, Germania e Giappone e questo segnò di fatto la fine del Paese. Solamente 36 ore dopo, a seguito di tale adesione, una parte delle Forze Armate jugoslave (l'Aeronautica e la Guarnigione di Belgrado) misero in atto un rapido un colpo di stato, che rovesciò il governo neutrale e filo-Asse, proclamando il giovane Pietro II re di Jugoslavia.

Il nuovo governo sconfessò il 27 marzo l'adesione al Patto Tripartito ed il 5 aprile firmò un patto di non aggressione con la Russia. In conseguenza di questo repentino cambio di alleanze, il Regio Esercito inviò immediatamente di numerose Divisioni sia al confine con l'Italia che a quello con l'Albania. Infatti, l'Esercito Jugoslavo stava ammassando una potente armata di quattro Divisioni quaternarie sui confini con l'Albania, iniziando puntate offensive tese ad occupare porzioni consistenti di territorio albanese, mentre al confine con l'Italia la situazione era più tranquilla. Adolf Hitler decise di punire l'alleato "infedele" e la mattina del 6 aprile 1941 fu lanciata l'operazione "Unternehemen 25", iniziata con il bombardamento della capitale Belgrado, facendo collassare la struttura di comando del nuovo governo jugoslavo. La diplomazia tedesca fece immediate pressioni per coinvolgere i Paesi Alleati, Italia, Bulgaria ed Ungheria, in questa guerra: lo stesso 6 aprile l'Italia diede inizio alle ostilità contro la Jugoslavia. Per quanto riguarda le unità corazzate, furono allertate la 131ª Divisione Corazzata "Centauro", che si trovava in Albania, la 133ª Divisione Corazzata "Littorio", 3 Divisioni Celeri e le Divisioni Motorizzate "Pasubio" e "Torino". La componente corazzata delle unità italiane era dotata esclusivamente di carri leggeri L3, di un numero limitato di obsoleti carri L5 (meglio conosciuti come FIAT 3000) e di pochissimi carri M13/40.

Sul fronte albanese il 31° Reggimento Carristi venne immediatamente inviato verso Scutari, dove il 4 aprile arrivarono il I, II e IV Battaglione Carri L ed il IV Carri M, mentre il III Battaglione Carri L rimase sul fronte greco. Nello scutarino si ricompattò così, dopo lunghi mesi, la Divisione "Centauro", poiché oltre al 31° Reggimento Carri era presente il 1° Reggimento Bersaglieri, che aveva preso il posto del 5°, su due Battaglioni Autoportati, uno di Ciclisti e una Compagnia Motociclisti, il 19° Reggimento Cavalleggeri Guide, il XXII Battaglione Bersaglieri Motociclisti, la 131ª Compagnia Genio ed il 131° Reggimento Artiglieria. I reparti vennero impegnati a costruire una linea difensiva che, pur essendo molto sottile, garantisse comunque uno sbarramento valido all'avanzata jugoslava. Inoltre, il territorio antistante, che va dal lago di Scutari alle prime propaggine montuose del Kosovo, era pianeggiante e si prestava quindi finalmente all'utilizzo in massa dei carri armati. Anche i due larghi letti dei torrenti Proni Banush e Proni That erano quasi asciutti e guadabili, con la presenza di radi boschi e modesti abitati: era proprio il terreno adatto per muovere a massa le formazioni di carri! Il fronte rimase comunque difeso da poche truppe, che non riuscirono a coprire tutta la linea difensiva, che subiva così frequenti infiltrazioni di unità jugoslave tra i capisaldi: nella notte tra il 7 e l'8 aprile un massiccio attacco frontale e a tergo delle linee di difesa, effettuato con uno sbarco dal lago di un forte nucleo avversario, venne stroncato dai carristi appiedati, con la cattura di molti prigionieri. In previsione di ulteriori attacchi, il comando del 31° Reggimento dispose che le residue forze del IV Battaglione Carri Medi passassero alle dipendenze dei Battaglioni Carri Leggeri, così la 1ª Compagnia al comando del Tenente Panetta passò sotto il comando del IV Battaglione L del Tenente Colonnello Zappalà, mentre la 2ª Compagnia del Tenente Camera passò alle dipendenze del I Battaglione Carri L del Maggiore Congedo. Occorre ricordare che, benché il Battaglione Carri M avesse assorbito la Compagnia Comando, le due Compagnie potevano disporre di non più di solo 8/9 carri M 13/40. Fino al 13 aprile ci fu un continuo tentativo da parte jugoslava di sfondare o aggirare la linea difensiva italiana, con un susseguirsi di interventi dei reparti del 31° che, in gruppi misti di carri L ed M, stroncarono tutti i tentativi catturando centinaia di prigionieri. Gli jugoslavi si attestarono sulla riva del Proni That, iniziando le trattative per giungere all'armistizio ed alla resa, ma mentre inviavano parlamentari al comando della "Centauro" per trattare, contemporaneamente provvedevano a posizionare decine di cannoni anticarro sulla riva del torrente. Rotte le trattative, alle ore 16:30 del 15 aprile arrivò al Comando del 31° Reggimento l'ordine tassativo di avanzare, superare il Proni That e dirigersi verso Ivanaj. Il Colonnello De Lorenzis dispose il I e IV Battaglione L per l'attacco, con il supporto dei plotoni di M 13/40, tenendo il II Battaglione Carri L come riserva ed ordinò l'attacco alle 18. Tutto sembrava procedere per il meglio ma, giunti a circa duecento metri dal Proni That, si scatenò la furiosa reazione degli jugoslavi, che con decine di mitragliatrici e cannoni anticarro investirono la massa dei carri colpendoli ripetutamente. Fu un momento drammatico poiché il fuoco preciso del nemico aprì vuoti paurosi tra le file carriste ma, il tempestivo intervento del Tenente Colonnello Zappalà che, incurante del rischio che il ponte fosse minato, ordinò l'attraversamento del ponte stradale ai carri del I Battaglione, risolse la critica situazione venutasi a creare, aggirando e prendendo d'infilata le postazioni jugoslave, che dovevano anche fronteggiare i carri che erano riusciti a guadare il torrente ed ora stavano investendo la linea dei cannoni jugoslavi. Il nemico si diede alla fuga, ma la vittoria aveva richiesto un alto tributo di sangue, nell'ultima battaglia sul suolo albanese 11 carri L risultavano distrutti e 5 danneggiati gravemente, oltre a 3 carri M13/40 distrutti ed un altro danneggiato. Dal giorno 16 proseguì l'avanzata nel Montenegro, che si concludeva lungo la strada da Ragusa a Trebinje, quando, incontrando le avanguardie della "Littorio", terminava la campagna jugoslava del 31° Reggimento Carristi. Il 23 aprile iniziò la marcia a ritroso verso l'Albania, il giorno 25 il Reggimento sfilò a Scutari davanti alle autorità, il 26 raggiunse Durazzo, il 27 Fieri, il 28 Tepeleni ed infine il 29 arrivò a Giorguzzati (a sud di Argirocastro), dove giunse finalmente la notizia che la campagna era terminata. Il 31° Reggimento a Giorguzzati fu raggiunto dal III Battaglione L, distaccato per tutta la campagna presso la 9ª Armata, e da tutti i reparti sparsi in Albania, compresi i Battaglioni Complementi, iniziando quindi un'opera di riordino dei mezzi alquanto malconci. Quando a metà maggio il 31° raggiunse Durazzo, i quattro Battaglioni Carri L erano al completo di mezzi e personale, mentre il IV Carri Medi, nonostante il recupero dei mezzi lasciati sui monti al confine con la Grecia, non allineava più di quattordici carri. Intorno al 20 maggio iniziarono a partire i convogli verso l'Italia, ed il 31°

Reggimento finalmente ritornava nei suoi accasermamenti alle foci del Tagliamento, dove i Battaglioni vennero riequipaggiati con carri M.

La 1ª Compagnia Carrista di Frontiera (G.a.F.), dal suo presidio a Scutari, venne trasferita nel settore Tarabosch – Bojana e inserita nel III Battaglione G.a.F., a difesa dello sbarramento anticarro di Kurt Alai sulla strada Scutari – Antivari. Dopo aver fronteggiato con successo un attacco jugoslavo l'11 aprile, la Compagnia rimase ferma sullo sbarramento anche quando, il giorno 15, le truppe italiane passarono all'attacco e iniziarono l'avanzata verso il Montenegro. La 1ª Compagnia Carrista di Frontiera ritornò quindi a Scutari svolgendo funzioni di presidio.

Sul confine italiano, ai primi di aprile la Divisione Corazzata "Littorio", con il 33° Reggimento Carri su tre Battaglioni Carri Leggeri con 117 carri L, raggiunse l'altopiano carsico disponendosi a semicerchio intorno a Trieste, assumendo uno schieramento prettamente difensivo. Dopo alcuni giorni, trascorsi in attesa di ordini provenienti da Roma, il 10 aprile il Generale Ambrosio impartì l'ordine di movimento. L'avanzata si sviluppò su due direttrici principali penetrando da Postumia, verso Lubiana e verso Zagabria e la costa Dalmata. Verso Zagabria si mosse la "Littorio" mentre verso Lubiana la Divisione "Eugenio di Savoia". La "Littorio", con il 33°Reggimento Carristi in testa, convergeva su Fiume ed alle 22:00 iniziò la sua avanzata lungo la costa dalmata. L'avanzata proseguì verso Karlovac, dove incontrò le avanguardie tedesche e, di conseguenza, la Divisione deviò verso sud, raggiungendo Ogulin, successivamente Otocac e Gospic, per arrivare infine a Grapac. Dopo qualche breve scaramuccia con reparti jugoslavi presso il campo di aviazione di Mostar, la corsa proseguì verso il Montenegro. Il 17 aprile a Trebinje avvenne l'incontro con i reparti della Divisione "Centauro" provenienti dall'Albania. Vennero percorsi circa 1.000 Km, in quella che si può definire più una corsa contro il tempo che una azione di guerra, visto che l'esercito jugoslavo non oppose la minima resistenza ai reparti della Divisione. Dopo una breve permanenza a Mostar, la "Littorio" nel mese di maggio rientrò in Italia, dove i suoi Battaglioni vennero riequipaggiati con carri M.

La 1ª Divisione Celere "Eugenio di Savoia", schierata dai primi di marzo nella zona Montespino – Rifembergo – San Daniele del Carso – Duttogliano – Tomadio – Comeno, inizialmente non venne utilizzata, rimanendo ferma sulle sue posizioni. L'11 aprile venne costituito un Raggruppamento Celere con l'obiettivo di occupare Lubiana. Nel Raggruppamento era inserito il I Gruppo Carri Leggeri "San Giusto", dotato di 61 carri L. Alle ore 16:00 il Raggruppamento varcò il confine a Kalce e, procedendo a forte andatura sulla rotabile Logatec – Lubiana, la sua avanguardia, di cui faceva parte il 1° Squadrone Carri L, entrò nella capitale slovena senza incontrare resistenza alle 18:30. Il 13 aprile, giorno di Pasqua, il Raggruppamento Celere, con il Gruppo Carri "San Giusto" sempre in avanguardia, ricevette l'ordine di proseguire verso sud, con l'obiettivo di disperdere le residue formazioni efficienti dell'esercito jugoslavo. Passando per Toplice – Vrbovsko – Petrovo Selo – Gornji Lapac – Zemanya Velo – Gracac – Gospic, il "San Giusto" non sostenne alcun combattimento, ma effettuò solo alcuni rastrellamenti. Il 27 aprile il Raggruppamento Celere venne sciolto, il Gruppo Carri "San Giusto" tornò alle dipendenze della 1ª Divisione Celere ed iniziò il trasferimento, reso difficoltoso dalle abbondanti precipitazioni nevose, verso Dugaresa, a sud-ovest di Karlovac, dove si acquartierò. La 1ª Divisione Celere "Eugenio di Savoia" rimase dislocata in Jugoslavia fino all'armistizio, coinvolta con tutti i suoi reparti nella feroce guerriglia scatenata pochi mesi dopo la fine ufficiale delle ostilità.

La 2ª Divisione Celere "Emanuele Filiberto Testa di Ferro" (E.F.T.F.) partecipò con i suoi reparti all'invasione della Jugoslavia, raggiungendo Delnice, Ogulin e infine Korenica. Nella 2ª Celere era presente il II Gruppo Carri L "San Marco", dotato di 61 carri leggeri. Terminate le ostilità, il Gruppo Carri "San Marco", con circa 30 carri, partecipò ad alcune operazioni di rastrellamento in Croazia e Bosnia, ma a fine luglio 1941 rientrò in Italia.

Anche la 3ª Divisione Celere "Principe Amedeo Duca d'Aosta " (P.A.D.A.) contribuì con i suoi reparti all'invasione della Jugoslavia. Dislocata al confine italo-jugoslavo, il 13 aprile entrò in territorio nemico, raggiungendo nei giorni seguenti Jelenje, Kubjak, Cakovac e Slunj. Il 20 aprile i reparti occuparono Rakovica, Drazik Grad, Bihac ed il 22 Traù, Spalato e Karlovac. A Spalato la divisione rimase impegnata fino al 31 maggio in operazioni di rastrellamento, quindi rientrò in Italia. Nella 3ª Celere era presente il III Gruppo Carri L "San Giorgio", con 61 carri L.

Alle operazioni contro la Jugoslavia prese parte anche la Compagnia Meccanizzata di Zara. Questa Compagnia si trovava nella città dalmata sin dal 1935 ed era equipaggiata con carri L e FIAT 3000 e di un paio di autoblindo Lancia 1ZM. Insieme ai Bersaglieri del IX Battaglione, occupò Bencovac e Knin, avanzando poi fino a Sebenico e Spalato.

▼ Carri armati L3 vengono imbarcati nel proto di Brindisi per essere inviati in Albania.

▲ Un CV35 del 2° Reggimento Bersaglieri sbarca nel porto di Durazzo durante le prime fasi dell'occupazione dell'Albania nel 1939 (*Benvenuti – Colonna*).

▲ Reparti italiani, appoggiati da mezzi corazzati, avanzano all'interno di Durazzo senza incontrare alcuna resistenza (*Benvenuti – Colonna*).

▼ Un plotone di carri L3 in sosta a Durazzo, in attesa di riprendere l'avanzata verso la capitale Albanese Tirana, tra cui uno con rimorchietto (*Benvenuti – Colonna*).

▲ Un piccolo contingente di carri avanza nella stretta via principale di un villaggio dell'Albania, tra l'indifferenza degli abitanti (*Crippa*).

▲ Ingresso dei primi corazzati italiani a Tirana d'Albania (*Benvenuti – Colonna*).

▲ Con l'entrata delle truppe italiane a Tirana si concludeva, di fatto, la breve Campagna d'Albania (*Benvenuti – Colonna*).

▼ Per celebrare la rapidissima Campagna d'Albania fu organizzata una sfilata a Durazzo dei reparti che avevano preso parte all'invasione. In questa immagine i carri della Compagnia Corazzata del 2° Reggimento Bersaglieri (*Benvenuti – Colonna*).

▲ Sfila un Plotone delle Compagnie Corazzate del 31° Reggimento Fanteria Carrista della Divisione "Centauro", equipaggiato con carri L3 ed L3 Lanciafiamme (*Benvenuti – Colonna*).

▼ Carro M13/40 del IV Battaglione Carri Medi del 32° Reggimento Carristi della Divisione "Ariete" in Albania, pronto ad attraversare il confine con la Grecia nel novembre 1940.

▲ Un carro armato L3 Lanciafiamme in azione sul fronte greco (*Benvenuti – Colonna*).

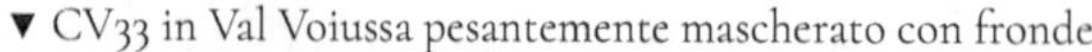

▼ CV33 in Val Voiussa pesantemente mascherato con fronde

▲ Emblematica immagine della sfortunata Campagna di Grecia: un CV35 ridotto a mal partito dal fuoco nemico. L'equipaggio ha asportato le mitragliatrici prima di abbandonare il carro (*Benvenuti – Colonna*)

▼ Un plotone di L3 Lanciafiamme avanzano su una polverosa strada durante la Campagna di Grecia: sono tutti privi del rimorchio con il liquido infiammabile (*Benvenuti – Colonna*).

▲ Reparti motocorazzati del Regio Esercito attraversano il ponte di Sussak a Fiume, che segnava il confine tra l'Italia ed il Regno di Jugoslavia alle ore 17 dell'11 aprile 1941, dopo che era stata trattata la resa incondizionata della guarnigione Jugoslava nell'Ufficio di Commissariato di Polizia nei pressi del ponte (*Arena*).

▼ Carri CV35 entrano nel popoloso quartiere croato di Sussak a bordo di carrelli portacarri, trainati da autocarri (*Arena*).

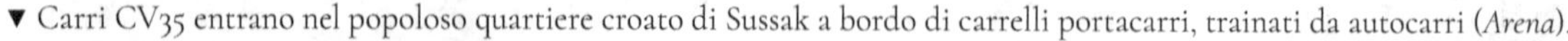

▲ Un carro L3/35 lanciafiamme con il suo rimorchio contenente il liquido infiammabile (*Arena*).

▼ Batteria ippotrainata attraversa il ponte sul fiume Eneo, entrando a Sussak (*Arena*).

▲ L'entrata delle truppe italiane a Sussak (*Cronache della Guerra*).

▲ Carro M13/40 del 33° Battaglione Carri della Divisione "Littorio" mentre affronta la salita dell'attuale Ulica Franje Račkoga a Sussak (*Cronache della Guerra*).

▼ Una formazione di carri L3 ed M13 della Divisione "Littorio" mentre entra in Sussak (*Benvenuti – Colonna*).

▲ Carri armati L3/35 italiani sulla linea di confine con la Grecia si apprestano ad entrare in territorio nemico (*Arena*).

▼Carri L3/35 della Divisione "Centauro" in sosta sulla strada per Giannina durante l'invasione del territorio jugoslavo (*Benvenuti – Colonna*).

▲ UN L3/35, carico all'inverosimile di vettovaglie, si appresta da attraversare un ponte in territorio jugoslavo (*Benvenuti – Colonna*).

▲ Un CV35 della "Centauro" armato con mitragliatrici Breda. Il mezzo corazzato è completamente coperto dalla polvere sollevata durante la marcia, tanto da rendere irriconoscibile il colore della corazzatura.

▼ Un reparto esplorante di Bersaglieri motomitraglieri incontra alcuni alti ufficiali tedeschi durante le operazioni in Jugoslavia (B.A.)

▲ Colonna di carri leggeri L3 avanza in territorio dalmato durante le prime fasi dell'occupazione della Jugoslavia. È interessante l'uso del tricolore sul mezzo di testa, per identificare la nazionalità del reparto.

▼ Soldati del Regio Esercito occupano Lubiana al termine delle operazioni belliche (*Benvenuti – Colonna*).

▲ Un reparto di Bersaglieri entra nel centro storico di Dubrovnik, tra due ali di perplessi abitanti della città.

▲ Il Feldmaresciallo Von List ed il Generale Ambrosio fotografati dopo la firma della resa delle Forze Armate jugoslave a Belgrado (*Arena*).

▼ Parte del bottino di guerra catturato all'esercito reale jugoslavo: buona parte dell'armamento è costituito da materiale di fabbricazione francese (*Arena*).

L'OCCUPAZIONE ITALIANA

Terminate le ostilità, con la resa senza condizioni della Jugoslavia firmata il 17 aprile e l'armistizio con la Grecia chiesto il 29, le unità carriste iniziarono il rientro in Italia. In Jugoslavia ed Albania a giugno non erano più presenti reparti corazzati, salvo la 1ª Compagnia Carrista di Frontiera, equipaggiata con FIAT 3000 di poca o nulla utilità. La resa senza condizioni della Jugoslavia portò all'annessione di parte della Slovenia e del Kosovo, della Dalmazia fino a Spalato, comprese quasi tutte le isole, parte della Croazia ed il Montenegro, quest'ultimo ufficialmente costituito come Stato autonomo. La guerra era terminata sulla carta a metà aprile, ma sotto le ceneri della resa covava lo spirito della ribellione, fomentato dai militari jugoslavi, sconfitti ma lasciati liberi e, nella stragrande maggioranza, anche armati, dai comunisti e dalle lotte tra i vari gruppi etnici. Il Regio Esercito, non preparato e addestrato a fronteggiare la guerriglia partigiana, dovette trasferire centinaia di migliaia di uomini e centinaia di mezzi per controllare l'immenso territorio occupato, subendo migliaia di perdite. Dal luglio 1941 all'8 settembre 1943, fu un continuo alternarsi di scontri a fuoco, rastrellamenti, imboscate, rappresaglie e numerosi furono i reparti carristi coinvolti. Equipaggiati con gli armamenti abbandonati dall'esercito jugoslavo ormai allo sbando, le popolazioni civili diedero origine ad un movimento partigiano che costrinse l'Esercito italiano a continue operazioni di controllo del territorio e di repressione: attacchi a militari isolati, a presidi, ad autocolonne e sabotaggi erano all'ordine del giorno, ma solamente il 1° marzo 1942 fu emanata una circolare che disciplinava le operazioni di controguerriglia e l'uso dei mezzi blindati in questo difficile contesto. In particolare, per quanto riguarda la sicurezza delle autocolonne, si suggeriva che i mezzi che dovevano aprire e chiudere le colonne fossero blindati, quantomeno con materiali di risulta, ed armati con mitragliatrici brandeggiabili, per poter aprire il fuoco rapidamente in caso di atti ostili. Nella stessa circolare si esortava i reparti presenti in Balcania a predisporre degli autocarri con protezioni realizzate "sul campo", con lamiere o addirittura con sacchetti di sabbia, in attesa di veicoli prodotti in serie. Gli autoveicoli prodotti "fuori serie" furono dei tipi più diversi, da quelli realizzati in maniera estremamente artigianale ed in numero limitatissimo, se non unico, a veicoli più elaborati, inizialmente comunque a cielo scoperto, dettaglio che esponeva gli occupanti dei mezzi al lancio di bombe a mano. Per ovviare a questo inconveniente furono ideati sistemi di protezione del cassone con reti anti bomba o blindature posizionate nella parte superiore. Furono utilizzati per queste produzioni soprattutto autocarri di preda bellica francesi: sui tre lati del cassone erano assicurati scudetti da trincea, sui quali venivano praticate delle feritoie, in numero variabile, che permettevano all'equipaggio di aprire il fuoco rimanendo al riparo. I primi esemplari di questi autoprotetti erano privi di ripari per la cabina e per i serbatoi del carburante, punti estremamente vulnerabili; in seguito furono realizzate scudature anche per queste parti dei veicoli con normali lamiere. In tempi successivi giunsero nei Balcani gli AS37 Protetto, che non risultavano adatti per l'utilizzo sul fronte africano per il quale erano stati ideati, ed i più apprezzati FIAT 665 NM Scudato.

È impossibile riuscire elencare tutte le azioni in cui vennero utilizzati i mezzi corazzati, anche perché nella quasi totalità dei casi si trattò di attività svolte a livello di plotone o anche solo sezioni di carri. Cercheremo comunque di dare un quadro il più possibile esaustivo del loro impiego durante la lotta antipartigiana.

Il 13 luglio 1941 esplodeva, inattesa, la ribellione in Montenegro. Le truppe di presidio vennero messe in gravi difficoltà: le comunicazioni vennero interrotte, le strade rese pericolose o intransitabili, i presidi più grandi isolati e quelli piccoli sopraffatti. In Montenegro era stanziata la Divisione "Messina", supportata da un Battaglione Motociclisti della Pubblica Sicurezza, da reparti di Carabinieri e dal II e VI Battaglione della Guardia di Finanza. Venne subito richiesto il supporto della 1ª Compagnia Carrista di Frontiera, dotata solamente di vecchi carri L5, che, insieme al II Battaglione della G.d.F., iniziò il trasferimento verso Podgorica. Il trasferimento della Compagnia dovette essere effettuato su cingoli, per l'assenza di carrelli biga, quindi gli 8 carri arrivarono a Podgorica solo il 15 aprile, in pratica per percorrere i 70 Km del tragitto vennero impiegate oltre 18 ore!! Giunta a destinazione, alla 1ª Compagnia fu ordinato di muovere verso Cettigne, la capitale del Montenegro, ma, viste le condizioni dei carri, l'ordine venne annullato e il reparto rimase a Podgorica per rimettere in condizione di marcia i mezzi fuori uso. La 1ª Compagnia Carrista di Frontiera rimase quindi sino alla data dell'Armistizio di stanza a Podgorica, con compiti di difesa mobile e dal giugno 1942 entrò nell'organico del III Battaglione Carri L del 31° Reggimento Fanteria Carrista della Divisione "Centauro".

Il 25 luglio 1941 la Compagnia Comando, il I e il II Battaglione Carri L del 31° Reggimento vennero trasferiti in Dalmazia con la massima urgenza per contrastare la rivolta scattata anche in Croazia. Durante il trasferimento, lungo la linea ferroviaria Ogulin – Gospic – Knin – Spalato, il convoglio che trasportava la Compagnia Comando subì un attentato, causato dalla manomissione dei binari, con il deragliamento di buona parte dei vagoni e la perdita di molti mezzi. Ripristinata la linea ferroviaria, i convogli giunsero a destinazione. La Compagnia Comando e un Battaglione Carri L rimasero a Spalato, mentre l'altro Battaglione Carri L venne distaccato a Knin. Iniziò quindi l'attività operativa in appoggio ai reparti di fanteria impegnati in rastrellamenti o nei pattugliamenti. A fine agosto la Compagnia Comando Reggimentale e il Battaglione Carri L da Spalato vennero trasferiti a Sebenico. L'11 settembre la Compagnia Comando Reggimentale del 31° iniziò il rientro in Italia, per ritornare a disposizione della Divisione "Centauro", impegnata nell'addestramento dei nuovi Battaglioni corazzati dotati di carri M. I due Battaglione Carri L divennero autonomi e vennero impegnati fino alla fine di settembre nella Dalmazia occupata. Nel mese di luglio venne inviato in Montenegro anche il III Battaglione del 31°, che schierò la 6ª Compagnia a Niksic, la 5ª a Cettigne, il Comando, la Compagnia Comando e servizi, l'officina e la 4ª Compagnia a Podgorica. Al III Battaglione venne aggregata anche la 1ª Compagnia Carrista di Frontiera e, successivamente, un Plotone di autoblindo provenienti dal XL Battaglione Bersaglieri. Preso atto della grave situazione venutasi a creare con la recrudescenza della guerriglia titina, il Comando Supremo decise di costituire Battaglioni e Compagnie autonome di carri L, anche lanciafiamme, da inviare in Dalmazia e Montenegro. Questi Battaglioni e Compagnie dovevano essere utilizzati come unità mobili di rinforzo, alle dipendenze operative delle Divisioni dislocate sul territorio. Raramente vennero, invece, impiegati a livello di Compagnia, il più delle volte operarono come plotoni, o anche sezioni, nelle operazioni di rastrellamento, nei posti di blocco, in attività di presidio, come scorta ai convogli, vanificando quello che doveva essere il loro compito principale, la guerra di movimento e di rottura del fronte. Notevoli furono le perdite sia di uomini che di mezzi. Vennero così inviati nei territori occupati due Battaglioni Carri L Lanciafiamme, costituiti dal deposito del 4° Reggimento ed impiegati in Dalmazia e Montenegro. Il II

Battaglione Carri L Lanciafiamme operò a ranghi ridotti, con 16 carri. Venne costituita anche la 2ª Compagnia Autonoma, sempre con carri L Lanciafiamme, che operò dal marzo 1942 in Slovenia e Dalmazia, mentre ulteriori Compagnie Carri Lanciafiamme autonome vennero costituite e assegnate direttamente a reparti di Fanteria. La Compagnia Meccanizzata di Zara operò invece sino alla data dell'armistizio nell'area di Mostar e Ragusa. Il III Battaglione Carri L del 31° Reggimento partecipò con la 6ª Compagnia ad una vasta operazione di controllo del territorio sul confine del Montenegro ad inizio agosto 1942. In alcuni occasioni singoli plotoni vennero distaccati presso presidi o per rastrellamenti a supporto della Divisione "Cacciatori delle Alpi". Nell'autunno le Compagnie tornarono alle loro sedi, preparandosi per l'inverno. A causa delle forti nevicate, del freddo intenso che ghiacciava le strade e dei partigiani che controllavano le strade di accesso, Niksic rimase isolata per lunghi mesi, rifornita solo per via aerea. Durante questo periodo i carri L furono utilizzati ai posti di blocco e per contrastare le puntate esplorative dei titini. Finalmente, nel marzo 1942 terminò l'assedio.

La primavera e l'estate del 1942 per i reparti del III Battaglione trascorse abbastanza tranquilla, senza scontri particolare e degni di nota con i partigiani: le attività disimpegnate furono prevalentemente scorte convogli, appoggio a reparti impegnati in operazioni di controguerriglia, manutenzione mezzi. Nei primi mesi del 1943 però la guerriglia andò intensificandosi. Il 1° maggio una colonna, composta da un Battaglione di Fanteria del 47° Reggimento, uno di Camice Nere ed una Batteria di Artiglieria, scortati da due Plotoni carri della 6ª Compagnia, impegnata in una operazione di controllo del territorio lungo la direttrice Niksic – Gorniopolie – Javorach – Savnick, cadde in una imboscata che provocò numerose vittime. La 6ª Compagnia perse 3 carri, lamentò 2 morti, 2 feriti e 2 prigionieri, fortunatamente rilasciati a seguito di uno scambio di prigionieri, altri carri armati vennero abbandonati dopo essere stati sabotati (*in un libro pubblicato nel dopoguerra in Jugoslavia, viene citata la perdita di 7 carri da parte italiana*). Tutti i reparti della colonna dovettero rientrare a Niksic, minacciata nuovamente di assedio. Ai primi di agosto la 6ª Compagnia lasciò Niksic, dove aveva operato per quasi 2 anni, e si ricongiunse con il resto del Battaglione a Podgorica. Aveva in organico circa 40 carri L sui 61 previsti dalle tabelle organiche.

Il I Gruppo Carri L "San Giusto" a fine luglio 1941 si trasferì a Karlovac, ad agosto il suo 1° Squadrone operò da Ogulin alle dipendenze del Reggimento "Alessandria", fino a novembre, partecipando ad un ciclo di rastrellamenti che durò dal 9 al 25 ottobre. Il 3° Squadrone venne trasferito a Topusko, rimanendo nella zona fino all'aprile del 1942. A fine dicembre i partigiani strinsero d'assedio la cittadina di Korenica, nella Lika, dove era di presidio un Battaglione rinforzato del 1° Reggimento della Divisione "Re". Nelle operazioni di soccorso, tese a sbloccare l'assedio, venne impegnato il 4° Squadrone del "San Giusto", che si trasferì a Plase. Vennero predisposte due colonne che dovevano congiungersi a Bjelo Polje e poi proseguire su Korenica: nelle due colonne erano presenti mezzi del 2° e del 4° Squadrone del Gruppo. Una colonna venne fermata subito dalla neve che bloccava le strade, mentre la seconda venne fermata dalla forte resistenza opposta dai partigiani titini, che provocò gravi perdite. Il Gruppo "San Giusto", durante le operazioni, ebbe a subire la perdita di 3 carristi e il ferimento di altri 4 militari, i carri perduti furono 2, dei quali uno catturato dagli jugoslavi. Lo sblocco di Korenica venne sospeso e ripreso solo nel marzo 1942, quando la resistenza dei partigiani venne superata e il 2° Squadrone del "San Giusto", insieme ai carri di una Compagnia Carri Lanciafiamme, fu tra i primi ad entrare nella cittadina liberata. Ad aprile 1942 il 4° Squadrone operò ancora alle dipendenze della Divisione "Re" in azioni antipartigiane, mentre nel mese di luglio il 1° Squadrone operò alle dipendenze del V Raggruppamento Guardia alla Frontiera nella zona di confine tra Italia e Croazia. Il 3° Squadrone si trasferì a Vrbovsko, alle dipendenze della Divisione "Lombardia", dove partecipò ad operazioni con il Gruppo tattico Ferroni, per ritornare a Karlovac a fine agosto. Nel mese di ottobre le Divisioni "1ª Celere", "Lombardia" e "Cacciatori delle Alpi", iniziarono un ciclo di operazioni antipartigiane nell'area intorno a Karlovac, durante le quali furono coinvolti il 2°, 3° e 4° Squadrone. Il 17 ottobre i carri del 3° Squadrone furono coinvolti in quella che è stata l'ultima carica della Cavalleria italiana: la carica di "Poloj", alla quale parteciparono insieme ai cavalleggeri del Reggimento "Cavalleggeri di Alessandria", ed un carro L venne catturato dai partigiani. Nel novembre 1942 il 2° Squadrone venne schierato a Jastrebarsko. A fine novembre molti reparti italiani si ritirarono da molte zone dell'interno della Croazia, concentrandosi nella difesa delle aree strategicamente più importanti. La Divisione "1ª Celere" lasciò la zona di Karlovac e si trasferì sulla costa dalmata, con il comando a Sebenico, ma il Gruppo "San Giusto", causa la lentezza del trasferimento dovuto a vari motivi, raggiunse Sebenico, dove schierò il Comando, solo il 20 dicembre. Gli Squadroni vennero dislocati alle dipendenze di varie unità: il 1° Squadrone a Sebenico, il 2° a Spalato, il 3° a Knin e il 4° a Benkovac. A metà gennaio anche il 1° Squadrone venne trasferito a Knin, per poi spostarsi a febbraio a Spalato ed ai primi di marzo il 3° Squadrone si trasferì a Sinj. Da metà gennaio ai primi di marzo si svolse l'Operazione "Weiss", un vasto intervento con l'obiettivo di eliminare i partigiani dalla zona tra la ferrovia Karlovac – Ogulin – Knin e la strada Glina – Bosanski Novi – Sanski Most – Kljuc, a cui parteciparono reparti tedeschi, italiani e croati. Anche il Gruppo "San Giusto" partecipò alle operazioni con il 4° Squadrone e forse anche con altri reparti. Verso la fine di aprile il 3° Squadrone si trasferì a Fiume, a disposizione della Divisione "Re", partecipando alle operazioni per la riconquista della sella di Melnice, del passo di Vratnik e della conca di Zuta Lokva. A maggio il I Gruppo Carri L "San Giusto" era equipaggiato con 51 carri L, rispetto ai 61 previsti dalle tabelle organiche. Tra fine maggio e agosto il Gruppo "San Giusto", seguendo gli ordini che prevedevano il trasferimento della 1ª Divisione Celere nella zona settentrionale della costa dalmata, dislocò il Comando e i suoi Squadroni nella zona di Fiume/Sussak, a parte il 4° Squadrone che rimase nella zona di Knin. Alla data dell'armistizio il I Gruppo Carri L "San Giusto" era così dislocato:

· Comando, Squadrone Comando e officina a Sussak

· 1° Squadrone a Ogulin e Delnice

· 2° Squadrone a Sussak e Crikvenica

· 3° Squadrone a Fiume, Karlobag e Vratnik

· 4° Squadrone a Kristanje e Perkovic.

In queste sedi li raggiunse la notizia della firma dell'armistizio.

Il II Gruppo Carri L "San Marco" nell'aprile 1942 partecipò all'"Operazione Trio" che, nonostante l'impegno profuso e le forze impegnate, non raggiunse l'esito sperato.

▲ Una sezione di tre autoblindo AB41 di scorta ad una colonna del Regio Esercito in Dalmazia nel 1942 (*B.A.*).

▼ Durante la seconda Guerra Mondiale il Regio Esercito impiegò ancora alcune aliquote dei vetusti carri armati FIAT 3000. Nella fotografia uno di questi carri, in carico ad una unità di Guardia Alla Frontiera nei Balcani nel 1941.

▲ Carri leggeri L3 durante un'operazione di rastrellamento in Croazia (*Benvenuti – Colonna*).

▼ Cerimonia militare italo – tedesca nella sede del XXIII Corpo d'Armata a Trieste nel 1942 (*Arena*).

▲ Carro Armato leggero L3/35 della IV Compagnia del 31° Reggimento Fanteria Carrista in un villaggio della Dalmazia.

▲ Un carro armato M13/40 al guado di un torrente in Albania (*Arena*).

▼ Gruppo di fucilieri dell'85° Battaglione "M" Apuania della M.V.S.N. nei pressi di Karlovac (Croazia) prima di un'azione di rastrellamento davanti ad un AS37 protetto, completamente mimetizzato (Cataldi).

▲ Questa immagine è emblematica della situazione dei trasporti nei Balcani occupati: era necessario disporre di una scorta di mezzi blindati (in questo caso un AS37 Protetto ed una AB41) per potersi muovere in sicurezza, a causa dell'elevato rischio di imboscate (*Arena*).

▲ Un'autoprotetta della 2ª Armata in un villaggio sloveno. La recrudescenza della guerriglia partigiana nei Balcani trovò impreparato il Regio Esercito, che dovette dotarsi di autocarri blindati, anche in maniera artigianale, per proteggere le truppe durante gli spostamenti (*Arena*).

▼ Anche gli alti ufficiali del Regio Esercito impiegavano mezzi blindati artigianalmente per i propri trasferimenti, in modo da minimizzare i rischi connessi ad eventuali attacchi partigiani (*Arena*).

▲ Questa autocarretta SPA CL39 del 18° Battaglione Mortai della Divisione "Messina", fotografata nel Cattaro il 20 settembre 1942, ha ricevuto una scudatura improvvisata, necessaria a proteggere gli occupanti della cabina di guida.

▲ Un autocarro blindato italiano (probabilmente un Bianchi Mediolanum) a Gerovu nel 1942.

▼ Un gruppo di legionari della M.V.S.N. a bordo di un autocarro francese ADR di preda durante un rastrellamento in un villaggio jugoslavo nel 1943.

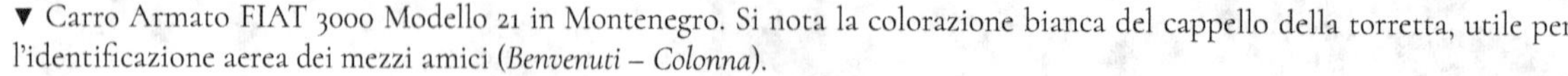

▲ Miliziani Greco – Ortodossi della Milizia Volontaria Anti Comunista a bordo di un AS37 Protetto del Regio Esercito nel 1943 (*Arena*).

▼ Carro Armato FIAT 3000 Modello 21 in Montenegro. Si nota la colorazione bianca del cappello della torretta, utile per l'identificazione aerea dei mezzi amici (*Benvenuti – Colonna*).

▲ Un altro obsoleto FIAT 3000 modello 21 (probabilmente della G.A.F.) sull'impervio terreno balcanico nel 1941 (*Benvenuti Colonna*).

▼ Un convoglio ferroviario carico di autocarri FIAT 665NM Protetto di fresca produzione appena giunti nei Balcani.

▲ Il 31° Reggimento Carristi schierato in piazza Scanderberg a Tirana nella primavera del 1940 in occasione della visita del Maresciallo De Bono (*Ratti*).

▼ Scutari, 25 aprile 1941: il 31° Reggimento sfila al termine della breve campagna contro la Jugoslavia (*Ratti*).

▲ Cerimonia di inaugurazione del cimitero di guerra del 31° Reggimento Carristi a Giorguzzati, in Albania (*Ratti*).

▼ Carri L, automezzi e salmerie in Albania (*Ratti*).

▲ Ufficiali del III Battaglione Carri L del 31° Reggimento in Albania (*Ratti*).

▼ Il carro M 13/40 del Tenente Panetta (*Arena*).

▲ Carristi del III Battaglione del 31° Reggimento fotografati davanti ad un carro L (*Ratti*).

▼ Carristi della 6ª Compagnia intenti alla manutenzione di un carro L 3/35 del reparto (*Ratti*).

▲ Curioso primo piano di un carro L del 31° Reggimento Carristi nella zona di Premeti: da notare sul fronte del piccolo carrarmato la scritta *"La morte fugge dinnanzi a chi osa"* ed il teschio che si rifà all'iconografia cara agli Arditi (*Ratti*).

▲ Carro L 3 della 6ª Compagnia del III Battaglione Carri a Niksic (*Ratti*).

▼ Un CV33 della 6ª Compagnia sfida la neve durante l'inverno del 1942 a Niksic (*Ratti*).

▲ Il 2° Plotone della 6ª Compagnia III Battaglione Carri L in sosta durante una operazione di contro guerriglia in Montenegro nell'estate 1942 (*Ratti*).

▼ Carro L del comandante del 3° Plotone della 6ª Compagnia del III Battaglione Carri L del 31° Reggimento: si nota molto chiaramente la mimetica a chiazze (*Ratti*).

▲ La 6ª Compagnia del III Battaglione Carri L a Niksic. Sul primo carro in testa il Capitano Ripandelli, comandante della Compagnia (*Ratti*).

▼ Recupero di un carro L perduto durante un'azione contro i guerriglieri titini in Montenegro nell'estate del 1943 (*Ratti*).

▲ Benedizione degli L6 del 19° Reggimento "Guide" a Tirana nel 1943 (*Benvenuti – Colonna*).

▼ Schieramento del 19° Reggimento "Cavalleggeri Guide" a Tirana nel 1943 (*Benvenuti – Colonna*).

▲ Altra immagine della stessa cerimonia. Una forte aliquota dei carri L6/40 prodotti fu destinata proprio ai reparti di Cavalleria schierati nei Balcani (Crippa).

▼ Esercitazione dei "Cavalleggeri Guide" a Tirana (*Benvenuti – Colonna*).

▲ Altra immagine dello stesso carro L6/40 del 19° Reggimento "Guide" (*Benvenuti – Colonna*).

▼ Carri L6/40 di un reparto di Cavalleria (probabilmente Reggimento "Monferrato) a Tirana nel 1943 (*Benvenuti – Colonna*).

BLINDATI FERROVIARI ITALIANI NEI BALCANI

Nel corso della Seconda Guerra Mondiale l'Italia utilizzò treni armati ed artiglierie ferroviarie, sia della Regia Marina sia del Genio Ferrovieri, che già avevano fatto parte delle difese italiane durante la Grande Guerra. Al principio del 1942 questi convogli furono progressivamente trasferiti nei territori dell'ex – Jugoslavia. Posti sotto il comando della 2ª Armata e manovrati da personale del Genio Ferrovieri, questi treni subirono degli adattamenti, utili a fronteggiare i rischi legati ad eventuali attacchi partigiani: le locomotive furono corazzate ed i vagoni furono dotati di lanciafiamme e di mortai. Compiti assegnati a questi treni in territorio balcanico erano la scorta ai convogli ferroviari ed il pattugliamento delle vie ferrate, spesso obiettivo di sabotaggi compiuti dalla resistenza locale. In una regione, come quella balcanica, priva di una efficace rete stradale, i treni rappresentavano il mezzo di trasporto principale anche per le Forze Armate e quindi la difesa delle vie ferrate era essenziale, per evitare sabotaggi ed interruzioni delle linee. L'utilizzo di questi treni armati non si rivelò però una soluzione ottimale per il controllo delle reti ferroviarie, tanto che all'inizio del 1942 iniziarono gli studi per alcuni mezzi blindati ideati appositamente per il pattugliamento delle vie ferrate, per la protezione delle truppe del Genio Ferrovieri al lavoro e per portare rapidamente fuoco di protezione a presidi ferroviari o convogli sottoposti ad attacchi nemici.

Il 24 gennaio 1942 l'Ufficio Motorizzazione dello Stato Maggiore del Regio Esercito emise una nota con oggetto *"Autoblindo 41 Ferroviaria"*, con cui veniva richiesta con urgenza la realizzazione di un numero non definito di AB 41 modificate in maniera tale che potessero circolare anche sulle ferrovie a scartamento ordinario. La SPA si attivò immediatamente e furono trasformate in Autoblindo Ferroviarie sia AB40, con la peculiare torretta con mitragliatrici Breda 38 binate, sia le più diffuse AB41 con il cannone mitragliera da 20 mm, che, infine, alcune AB43, queste ultime dopo l'Armistizio. Prima dell'Armistizio furono realizzate complessivamente 20 Autoblindo Ferroviarie, tutte immatricolate l'8 maggio 1942 (raggiunsero però il reparto di appartenenza in più fasi, l'ultima nell'agosto dello stesso anno). Il 15 dello stesso mese fu costituita la Compagnia Autoblindo Ferroviarie Autonoma, impiegata dal 2° Raggruppamento Genio Ferrovieri Mobilitato, organizzata su Comando con Plotone Comando e 2 Plotoni Autoblinde con 5 macchine ciascuno. Il 28 maggio furono assegnate alla Compagnia altre 10 autoblindo, tanto che il 28 agosto la Compagnia fu riorganizzata su 4 Plotoni. Le AB ferroviarie furono dislocate nei territori della ex – Jugoslavia, per i quali erano state appositamente ideate; la Compagnia fu così distribuita sul territorio:

• Comando ed un Plotone con funzioni di riserva a Sussak (a disposizione del Comando Superiore);

• Mezzo Plotone a Lubiana e l'altro mezzo Plotone a Novo Mesto, entrambi a disposizione dell'XI Corpo d'Armata;

• Due Plotoni ad Ogulin, a disposizione del V Corpo d'Armata;

• Un Plotone a Knin.

L'impiego previsto era il rinforzo alla scorta armata dei treni adibiti al trasporto di materiali per riattamento e ricognizione delle linee ed il pattugliamento delle stesse. Operativamente, oltre ad assolvere a questi compiti, spesso le autoblindo ferroviarie furono utilizzate per creare convogli blindati formati da una Littorina Blindata ed una AB, con compiti di protezione delle strade ferrate della Slovenia e della Dalmazia. Resero preziosi servizi sulle ferrovie nelle zone infestate dai partigiani titini, venendo anche talora usate per il trasporto celere di ufficiali superiori in visita a presidi avanzati in zone particolarmente rischiose. Le macchine sopravvissute all'Armistizio furono impiegate dalle Forze Armate germaniche, sia su ferrovia, sia come normali autoblindo stradali.

Sempre nel 1942 lo Stato Maggiore del Regio Esercito decise di adottare una Littorina modificata, corazzata ed armata, sul telaio del modello FIAT ALN 56, denominata "Li.Bli. (acronimo di Littorina Blindata) modello 42", armata con 2 torrette del carro armato M13/40 modificate, armate con cannone da 47/32, binato con mitragliatrice Breda 38 e, su ogni fianco, 2 mitragliatrici Breda 38 su supporto sferico ed una Breda 38 per tiro con forti angoli, 2 mortai da 45 mm in pozzetto e 2 lanciafiamme portatili Modello 40. Il 18 agosto fu costituita la 1ª Compagnia Autonoma Littorine Blindate su Comando (Comando e Squadrone Comando) e due Plotoni Littorine Blindate. La Compagnia fu impiegata esclusivamente nei territori della ex – Jugoslavia, svolgendo un intenso lavoro di sorveglianza antisabotaggio delle linee ferroviarie e di scorta ai convogli, integrando il lavoro delle autoblindo ferroviarie, facendo capo al Comando della 2ª Armata Italiana a Sussak. Gli 8 esemplari prodotti della Modello 42 furono dislocati a Sussak, Novo Mesto, Ogulin, Lubiana, Lalovac e Spalato, praticamente, dunque, in tutto il territorio jugoslavo. La Li.Bli. 1 fu seriamente danneggiata a Spalato nell'ottobre 1942; la Li.Bli. 2 fu perduta nei pressi di Ogulin il 12 febbraio 1943: fu fatta deragliare dall'esplosione di una mina posta sulla sede ferroviaria da partigiani, e non poté più essere recuperata per la mancanza di idonee attrezzature. Il grave incidente causò numerose vittime tra i membri dell'equipaggio, tra cui lo stesso Comandante della Compagnia Autonoma Littorine. L'8 marzo 1943 la Composizione della Compagnia Autonoma Littorine Blindate fu modificata e la nuova struttura comprendeva Comandante, Plotone Comando e Littorine; oltre al materiale rotabile erano previsti in organico 1 autovettura, 3 autocarri SPA 38R, 2 motocicli ed 1 bicicletta. Ciascuna Littorina doveva avere un equipaggio composto da 1 ufficiale subalterno, 2 conduttori, 2 cannonieri, di cui 1 sottufficiale con funzione di vicecomandante, 2 serventi, 6 mitraglieri, 2 mortaisti, 2 flammieri ed 1 marconista; i conduttori erano dei richiamati alle armi, con patente FS.

Dopo l'Armistizio anche le Li.Bli. superstiti subirono la stessa sorte di gran parte degli armamenti dello sbandato Regio Esercito, finendo incamerate dalle truppe germaniche; due Littorine però continuarono ad essere manovrate, almeno fino alla primavera del 1944, da equipaggi italiani. Queste due Li.Bli. pattugliavano le ferrovie friulane, in particolare la linea Gorizia – Piedicolle (valli di Isonzo e del Baccia) e le linee Gorizia – Trieste e Gorizia – Udine, facendo base alla stazione di Gorizia – Montesanto (ora stazione di Nova Gorica in Slovenia). Operarono in concerto con il Raggruppamento "Carlevaris", posto a difesa della città di Gorizia e, per tutta la primavera del 1944, una delle due Li.Bli. appoggiò in Val Baccia i Bersaglieri del Battaglione Bersaglieri Volontari "Benito Mussolini". Nel frattempo, l'Ansaldo aveva sviluppato una seconda versione della Littorina Blindata, la cosiddetta "Modello 43", armata con una mitragliera Breda modello 35 calibro 20 su supporto a candeliere posizionato al centro della vettura. La produzione di questa seconda versione fu effettuata per i Tedeschi all'inizio del 1944 (i primi esemplari entrarono in servizio a maggio) e furono utilizzate in maniera intensiva dalle Forze Armate germaniche in Croazia, Slovenia e Bosnia.

Nel 1942 un limitato numero di autocarrette OM 36 fu trasformato in veicolo blindato per la perlustrazione delle linee ferroviarie a scartamento ridotto dei Balcani. Questo progetto scaturiva da una precisa esigenza del Comando Superiore delle Forze Armate di Slovenia e Dalmazia, dato che era necessario un mezzo corazzato ed armato da impiegare in servizio di sicurezza sulle ferrovie con scartamento di 76 cm dell'Erzegovina. Il prototipo del curioso mezzo blindato fu testato in marcia sulla ferrovia della Val Gardena, che presentava caratteristiche simili a quelle in cui avrebbe operato effettivamente l'Autocarretta Ferroviaria, dando buona prova di sé ed entrò ufficialmente in servizio il 18 dicembre 1942, con la denominazione di Autocarretta Ferroviaria Blindata modello 42. L'impiego sulle linee Ragusa – Mostar e Spalato – Sinj da parte di personale del Genio Ferrovieri evidenziò un grosso limite, soprattutto in rapporto alle condizioni operative in zone infestate dai partigiani. Il blindato, infatti, non era dotato di doppia guida e quindi, in caso di sabotaggio della linea ferroviaria o di imboscata, non era possibile invertire il senso di marcia. Fu studiata perciò una soluzione di ripiego a questo inconveniente, cioè di procedere, in caso di necessità, a sollevare l'autocarretta con un martinetto idraulico, posto sotto il centro del mezzo, che permetteva così di farlo ruotare... a mano, manovra che esponeva al fuoco nemico i membri dell'equipaggio. La struttura del mezzo risultava purtroppo molto leggera e l'armamento, costituito da 1 mitragliatrice Breda 38 e da un fucile mitragliatore Breda, era troppo modesto per le condizioni in cui si trovavano ad operare le autocarrette. Su disposizione dello Stato Maggiore del Regio Esercito fu costituito un reparto autonomo il 15 maggio 1943 (Reparto Autonomo Autocarrette Ferroviarie Blindate), formato da Comandante, Squadrone Comando e Servizi, 2 Plotoni Autocarrette, con un organico di 1 ufficiale, 2 sottufficiali e 56 uomini di truppa. La dotazione di mezzi del reparto era di 20 autocarrette ferroviarie, 1 autocarro leggero ed 1 bicicletta. I mezzi sopravvissuti all'Armistizio furono confiscati dalle Forze Armate germaniche, che continuarono ad utilizzarli sulle linee per i quali erano stati progettati.

▲ Legionari della Milizia Ferroviaria pattugliano uno scalo in Slovenia. La sicurezza delle linee ferroviarie nei Balcani richiese un costante e gravoso impegno alle Forze Armate italiane: il treno rappresentava il miglior mezzo di trasporto e comunicazione nell'impervio territorio jugoslavo e per questo le linee ferroviarie erano molto spesso obiettivo di attentati partigiani (*Arena*).

▲ Siamo nei pressi di un casello ferroviario nei Balcani ed una AB40 Ferroviaria è in sosta, circondata da militari del Regio Esercito. Gli uomini dell'equipaggio della blinda sono facilmente individuabili, in quanto indossano l'uniforme dei reparti corazzati (*Crippa*).

▲ Spesso le autoblindo ferroviarie viaggiavano in convogli formati da due macchine, come in questa fotografia: i mezzi sono accoppiati accostando i motori. L'equipaggio in questo caso è stranamente formato da militi della Milizia Ferroviaria (*Crippa*).

▼ Un'altra AB41 Ferroviaria in sosta nei pressi di una stazione nei territori della ex – Jugoslavia. I mezzi di questo lotto di produzione erano tutti dipinti in un monocromatico giallo (*Crippa*).

▲ Una Li.Bli. Modello 42 con il suo equipaggio nei Balcani; si nota la posizione della targa sul lato sinistro della motrice (*Arena*).

▼ Littorina Li.Bli. Modello 42 in sosta sulla ferrovia tra Spalato e Knin nel 1942; la fotografia permette di apprezzare la particolare colorazione mimetica (*Crippa*).

▲ Convoglio formato da una AB41 ed una Littorina Blindata porta soccorso nei pressi di Ogulin il 12 febbraio 1943 alla Li.Bli. deragliata per colpa di una mina posta sulla sede ferroviaria, incidente che costò la vita al Comandante della "1a Compagnia Autonoma Littorine Blindate" (*Arena*).

▼ Sulla Li.Bli. Modello 43, denominata dai Tedeschi "Panzertriebwagen Typ 62", era installata una Breda 20 mm su supporto a candeliere al centro della vettura (*Arena*).

▲ Una delle due Li.Bli. che pattugliarono la linea ferroviaria Gorizia – Piedicolle e le linee Gorizia – Trieste e Gorizia – Udine, dopo l'Armistizio. E' curiosa la colorazione monocromatica scura, forse grigioverde.

▼ Autocarretta Ferroviaria Blindata Modello 42, impiegata dai Tedeschi dopo l'Armistizio, mentre effettua la manovra di inversione del senso di marcia, compiuta a mano dall'equipaggio (*Paul Malmassari via Daniele Guglielmi*).

DOPO L'ARMISTIZIO

Anche nei Balcani il giorno in cui fu resa pubblica la firma dell'Armistizio segnò l'inizio di una fase transitoria confusa per tutti i militari italiani, forse addirittura più confusa che in altre parti, data la particolare situazione in cui si trovavano le forze armate regie, disseminate in una regione dove forti erano le tensioni con i molteplici attori con cui dovevano misurarsi gli italiani: l'ingombrante alleato tedesco, le forze armate regolari croate, i movimenti paramilitari etnici slavi, il ben organizzato movimento partigiano jugoslavo. Anche nei territori jugoslavi le forze armate italiane reagirono in modi diversi alla notizia dell'Armistizio: molte unità si sbandarono ed i propri militari tentarono con ogni mezzo di raggiungere l'Italia, sperando in una prossima fine del conflitto, altri reparti del Regio Esercito invece non cedettero le armi, ma continuarono a combattere accanto all'alleato tedesco od unendosi al movimento di liberazione jugoslavo. In effetti l'Armistizio cambiò l'equilibrio militare nella regione balcanica, lasciando di fatto il territorio fuori controllo ed offrendo una maggiore possibilità di azione ai partigiani, che riuscirono a rinforzare le proprie dotazioni con gli equipaggiamenti abbandonati dagli italiani.

Al momento della capitolazione la 2ª Armata controllava le unità del Regio Esercito dislocate in Slovenia e Croazia, fino al fiume Neretva in Erzegovina. L'area più meridionale, che includeva la zona di Dubrovnik, l'Erzegovina orientale, il Montenegro, il Kosovo, la Macedonia Occidentale e l'Albania, era di competenza del Gruppo d'Armate Est e della 3ª Armata, mentre l'Istria ed il litorale sloveno dell'8ª Armata. La situazione delle unità corazzate era la seguente:

- dall'XI Corpo d'Armata, con quartier generale a Lubiana, dipendevano:
    - o Compagnia Autonoma Carri a Zara
    - o Compagnia Autoblindo a Lubiana
    - o I Battaglione del 31° Reggimento Fanteria Carrista (dipendente dalla Divisione "Lombardia") con la 2ª Compagnia a Jastrebarsko, la 3ª Compagnia a Cronomelj ed aggregata la 2ª Compagnia Lanciafiamme

- dal V Corpo d'Armata, con quartier generale a Crikvenica, dipendeva:
    - o I Gruppo Carri L "San Giusto", con gli Squadroni distribuiti come abbiamo visto nei capitoli precedenti

- dal XIII Corpo d'Armata, suddiviso tra Spalato e Zara, dipendeva:
    - o Battaglione Carri della 1ª Divisione "Celere" a Spalato (la Divisione si era spostata a Sussak, ma i suoi reparti si trovavano ancora tra Spalato e Knin)

- dal VI Corpo d'Armata, con quartier generale a Dubrovnik, dipendeva:
    - o II Gruppo Carri

- dal XIV Corpo d'Armata in Montenegro dipendeva:
    - o III Battaglione del 31° Reggimento Fanteria Carrista.

L'Armistizio colse il Regio Esercito impreparato, nonostante alcune unità dislocate in Dalmazia avessero iniziato a muovere verso i confini nazionali già durante l'estate e, addirittura, il 6 settembre le Divisioni "Isonzo" e "Lombardia" furono raggiunte dall'ordine di ripiegare verso l'Italia. La maggior parte dei militari italiani fu presa da un senso di sgomento all'annuncio di Badoglio ed il desiderio più diffuso tra i soldati era quello di raggiungere in qualunque modo la madrepatria. Come abbiamo accennato, nei giorni successivi all'Armistizio diverse furono le reazioni dei singoli reparti italiani ed alcune unità corazzate si sbandarono, abbandonando i materiali ed i mezzi. Altre unità fecero la scelta di opporsi alle forze armate tedesche: a Dubrovnik i reparti italiani, tra cui il II Gruppo Carri "San Marco", organizzarono rapidamente una resistenza contro la SS Division "Prinz Eugen", che entrò in città il 13 settembre. La Divisione tedesca si era mossa dall'Erzegovina il 9 settembre e, raggiunta la città dalmata il 13, ingaggiò un furioso combattimento per le strade cittadine contro la guarnigione italiana, durato oltre due ore. Nonostante l'accanita difesa le truppe italiane dovettero capitolare e numerosi carri L3 ed alcune vetuste autoblindo Lancia 1ZM furono incamerate dai militari tedeschi. La stessa situazione si ripeté un po' dovunque nella penisola balcanica: la maggior parte dei mezzi corazzati abbandonati fu facile preda sia dell'Esercito Popolare di Liberazione Jugoslavo, sia delle forze armate tedesche, sia dei reparti corazzati dell'Esercito croato. Sulla costa adriatica a Crickvenica, per esempio, i partigiani titini si impadronirono di 1 carro M13/40 (con problemi al radiatore, che furono però prontamente risolti), 3 autoblindo AB41 e di un autoprotetto AS37, mentre a Knin i tedeschi requisirono tutti i blindati abbandonati dagli italiani, soprattutto carri leggeri ed autoprotetti AS37. Proprio i tedeschi, d'altra parte, erano già pronti ad una eventuale defezione italiana dal mese di agosto, temendo soprattutto un cedimento del Nord Italia e della Slovenia italiana, facili nodi di accesso al Reich da sud. Il 9 settembre il 19. SS Polizei Regiment disarmò l'XI Corpo d'Armata a Lubiana e la Divisione "Cacciatori delle Alpi". Furono prese numerose autoblindo AB41 ed autoprotetti AS37, che andarono ad integrare i mezzi corazzati dell'Aufkl.Abt.17. Un Battaglione del 1. SS Polizei Regiment della a. SS Panzer Division LSSAH raggiunse Trieste il 9 settembre e da lì procedette rapidamente all'occupazione di Postumia, Pola, attestandosi infine ad est sul vecchio confine italo-iugoslavo. Emblematico del generale stato di confusione che regnava tra le forze armate italiane è rappresentato dal caso di Spalato, dove era presente la Divisione "Bergamo", comandata dal Generale Becuzzi, che assolveva anche le funzioni di massima autorità civile. Il 10 settembre gruppi di partigiani slavi penetrarono in una città ormai allo sbando, poiché Becuzzi stava ricevendo ordini contraddittori dal Comando Superiore. In questo frangente il Generale tenne un atteggiamento ambivalente: da una parte tentava di scendere a patti con i titini, dall'altra cercava di prendere contatti e di trattare con le forze armate tedesche (che peraltro avevano già sottoposto la città a bombardamento). I partigiani slavi scoprirono ben presto questo doppio gioco e si impossessarono con la forza delle armi e degli equipaggiamenti italiani, temendo che questi ultimi non si sarebbero opposti ad eventuali attacchi condotti dai tedeschi. Finirono così nelle mani degli slavi 16 carri armati tra L3 ed L6 ed almeno 2 autoblindo AB41. Spalato piombò così definitivamente nel caos, persino civili croati si fecero consegnare le armi dai militari del Regio Esercito, arrivando in alcuni casi ad umiliarli, spogliandoli delle uniformi, mentre le autorità italiane abbandonarono rapidamente la città. Dopo aspri combattimenti il 25 settembre Spalato fu occupata dai tedeschi, che fucilarono 46 ufficiali italiani, rei di avere sostenuto i partigiani slavi.

In questo stato confusionale, solo una parte del Gruppo "San Giusto" e del 31° Reggimento Carristi optarono per la continuazione della guerra accanto ai tedeschi e, in conseguenza alla razzia dei materiali dispersi compiuta dalle altre forze militari presenti nella regione, i reparti della neocostituita Repubblica Sociale Italiana poterono disporre di uno sparuto numero di mezzi corazzati.

31° Reggimento Carristi

Alcuni gruppi di Carri Veloci appoggiarono immediatamente in modo aperto i tedeschi e sui carri furono dipinti dei rettangoli bianchi, con il lato lungo in verticale, come segni di riconoscimento sui lati delle casematte e sul fronte dei mezzi. Si trattava di carri armati L3 del II Battaglione del 31° Reggimento Carristi. Questo Reggimento, che era stato trasferito nel luglio 1941 in Montenegro, al momento dell'Armistizio aveva in carico 40 carri L3, alcuni dei quali lanciafiamme, 8 vetusti carri FIAT 3000, un numero non precisato di carri leggeri L6/40 ed alcune autoblindo AB41. Anche gli L6/40 del reparto ricevettero i rettangoli bianchi, con lato lungo in verticale, sulla prua e sul retro dello scafo ed ai lati della casamatta. Sul fronte dello scafo, accanto al visore del pilota, e sul portello posteriore della torretta era presente una piccola testa di leone, dipinta presumibilmente dopo il trasferimento dei carri nei Balcani.

A Podgorica il III Battaglione fu raggiunto dalla notizia dell'Armistizio, firmato l'8 settembre a Cassibile. Il 10 settembre il Capitano Ripandelli, comandante della 6ª Compagnia, con gli ufficiali subalterni, radunò il reparto e, affiancato da ufficiali della 5ª Compagnia e della Compagnia Comando, pronunciò un discorso nel quale dichiarava che per il bene della Patria era necessario rimanere a fianco dei tedeschi e continuare la guerra, chiedendo quindi, a chi voleva continuare a combattere, di fare un passo avanti. La quasi totalità della Compagnia aderì alla proposta del Capitano Ripandelli ed aderirono anche molti ufficiali e carristi delle altre Compagnie del Battaglione. A sera la 6ª Compagnia, insieme ai carristi delle altre Compagnie che avevano deciso di continuare a combattere, si trasferirono presso lo spiazzo dove erano accantonati i tedeschi. I militari ed i carri furono così inquadrati nella 118. Jager–Division, a Podgorica, seguiti da altri elementi sia del II che del III Battaglione. Nelle giornate seguenti anche molti militari italiani sbandati di altre Armi si presentarono all'accampamento della Compagnia, chiedendo di essere arruolati. I tedeschi predisposero immediatamente dei tesserini bilingue datati 9 settembre 1943 ed iniziò quindi la collaborazione con i reparti tedeschi. I carri L3 del III Battaglione ebbero un particolare segno distintivo, una Balkenkreuz con doppi angoli bianchi sui lati delle casematte, e sugli spigoli posteriori erano riportati numeri arabi progressivi bianchi su un rettangolo di colore chiaro, al posto del numero distintivo del Reggimento. Questi furono gli unici segni che identificavano la collaborazione tra gli ex alleati, visto che i carristi mantennero l'uniforme grigioverde, le mostrine e l'armamento individuale e di reparto. Nel mese di novembre alcuni carri L parteciparono ad operazioni di controguerriglia con reparti tedeschi ed a dicembre un plotone partecipò ad un'azione di rastrellamento, che si concluse con la perdita di 2 carri, con caduti e feriti. Dopo questa operazione i carri L, pur rimanendo sempre pronti e disponibile per essere impiegati, rimasero fermi e non vennero più utilizzati. Tra la fine di gennaio e l'inizio di febbraio 1944, arrivò l'ordine di lasciare Podgorica per raggiungere il campo di Müsingen in Germania, con l'obiettivo di costituire un Battaglione Corazzato per la 1ª Divisione d'Assalto, che non fu però mai costituito ed i carristi andarono così a formare il Battaglione Logistico della Divisione Alpina "Monterosa". Si concludeva quindi la storia del III Battaglione Carri L del 31° Reggimento.

Gruppo Squadroni Corazzati "San Giusto"

Nella Venezia Giulia ed in Istria fu invece attivo il Gruppo Squadroni Corazzati "San Giusto", che traeva origine dal 2° Squadrone Carri Leggeri "San Giusto" della 1ª Divisione "Celere". Nei giorni immediatamente successivi all'Armistizio, al comando del capitano Agostino Tonegutti, un pugno di uomini dalla Croazia raggiunse Fiume con una quindicina di carri L3, 4 dei quali recuperati nel corso della marcia verso la città redenta. Dopo aver concorso alla difesa della città, su ordine tedesco, il "San Giusto" si trasferì dapprima a Gorizia (febbraio 1944), dove i suoi organici furono rinforzati e ricevette dalle Forze Armate germaniche mezzi corazzati e ruotati, ed infine a Mariano del Friuli (GO), nell'aprile dello stesso anno. Il reparto, della consistenza di una Compagnia, fu definitivamente strutturato su Comando, Squadrone Comando, Squadrone Carri M e Squadrone Carri L, con una dotazione massima di 35 mezzi corazzati di vario tipo, tutti di produzione italiana, ed un organico che raggiunse le 130 unità. I compiti affidati all'unità erano la scorta ai convogli logistici e militari in genere, supporto ad azioni antipartigiane soprattutto in appoggio di unità tedesche, pattugliamento delle vie di comunicazione e, saltuariamente, dei centri abitati nel Goriziano, del Friuli orientale e nel Carso occidentale. Nell'aprile 1945, a causa dell'aumentare della pressione dei partigiani jugoslavi verso Fiume, i Tedeschi iniziarono a fare indietreggiare la linea del fronte ed un consistente nucleo del "San Giusto" fu di conseguenza inviato nella zona di Rupa (ora in Croazia), dove, secondo le intenzioni germaniche, si stava costituendo una posizione di resistenza. Questo reparto operativo del Gruppo, sottoposto a frequenti attacchi dall'aria, da parte di formazioni aeree Alleate, e da terra, da parte dei partigiani Titini, dopo avere perso sia uomini che carri armati, ripiegò in direzione di Trieste il giorno 27, dirigendosi, il giorno dopo, verso la sede di Mariano del Friuli. Giunto là, il Gruppo dovette prendere atto del fatto che il Deposito del "San Giusto", visto l'evolversi degli eventi, si era già arreso. Il reparto operativo dunque, abbandonò i mezzi corazzati (alcuni dei quali furono poi impiegati dai partigiani contro la guarnigione tedesca di Cividale) e si sciolse in serata.

Simbolo del reparto era un tricolore, applicato già nei primissimi mesi di vita del reparto; dopo il trasferimento a Mariano del Friuli al centro del tricolore fu dipinta la sagoma di un carro armato nero, nella sua versione definitiva il tricolore era sventolante e recava al centro la sagoma nera di un semovente su scafo M.

La dotazione massima di mezzi dell'unità fu costituita da:

- 16 carri L3
- 5 carri M nelle varie versioni
- 2 semoventi da 47/32 L40
- 1 semovente da 75/18 M41
- 2 semoventi da 75/18 M42
- 1 semovente da 75/34 M42
- 4 autoblindo AB41

- 2 AS37 Protetto
- 2 FIAT 665NM Scudato
- 1 autocarro blindato artigianalmente.

Il Gruppo Squadroni Corazzati "San Giusto" raggiunse la sua organizzazione definitiva nella primavera del 1944, strutturandosi in questo modo:

- Comando
- Squadrone Comando su:
  - Plotone Autoblindo
  - Sezione Motocicli
  - Sezione Officina
  - Sezione Rifornimento viveri e carburanti
  - Autoparco
- Squadrone Carri M su:
  - Sezione Carri
  - Sezione Semoventi
  - Sezione Motocicli
- Squadrone Carri L su:
  - 1ª Sezione
  - 2ª Sezione
  - 3ª Sezione
  - Sezione Motocicli

2° Reggimento Milizia Difesa Territoriale "Istria"

Il 2° Reggimento Milizia Difesa Territoriale "Istria" era stato costituito a Pola subito dopo l'Armistizio, su tre Compagnie e Compagnia Comando Reggimentale "Mazza di Ferro", dotata di numerosi veicoli, autoprotette e due carri armati L3. La Compagnia aveva sede a Pola ed era comandata inizialmente dal Capitano Bruno Artusi, già Tenente dei Bersaglieri; era considerata il reparto mobile del Reggimento, data la grande disponibilità di mezzi di trasporto e di veicoli blindati. Il capitano Artusi fu sostituito in un secondo momento dal Tenente Fausto Vardabasso, che, a sua, volta, passò il comando della Compagnia al Tenente Egidio Klausberg. Compiti della *Mazza di Ferro* erano la scorta alle autocolonne, il pronto intervento ed il collegamento tra i presidi repubblicani dell'Istria. I carri leggeri del reparto erano due mezzi abbandonati dal Regio Esercito al momento dell'Armistizio. Uno dei due fu acquistato da un contadino istriano, che aveva radunato un certo numero di mezzi militari abbandonati in una specie di deposito, pagandolo 35.000 lire dell'epoca, mentre il secondo carro fu barattato con… un autocarro carico di scarpe e di vestiario! Uno dei carri, immobilizzato per noie meccaniche, fu usato come fortino interrato all'entrata dell'abitato di Buie e fu distrutto dagli stessi Legionari del reparto il 29 aprile del 1945 con colpi di bomba a mano, mentre l'altro fu gettato alla fine del conflitto nel porto di Capodistria, nel timore che potesse cadere in mano ai partigiani di Tito. Il reparto stabilì una capillare rete di presidi in tutta l'Istria, che difesero la popolazione civile non sono dalle infiltrazioni dei partigiani slavi, che poterono sopravvivere solamente grazie alle autocolonne organizzate dalla Compagnia "Mazza di Ferro". Il Reggimento, infatti, aveva un efficiente autofficina che provvide a trasformare alcuni autocarri in autoprotette, blindando con piastre di metallo, scudetti laterali muniti di feritoie e reti protettive contro il lancio di bombe a mano, armandoli con complessi di mitragliatrici binate da 13,2 mm da sommergibile, recuperati presso il grande Arsenale della Marina di Pola, o con mitragliere da 20/65. Questi veicoli permisero di effettuare i rifornimenti dei presidi sparsi sia lungo la costa che nell'entroterra, scortando le colonne che settimanalmente si muovevano per il trasporto dei viveri. Alcune di queste autoprotette furono dislocate, nel corso del conflitto, presso i presidi che si trovavano nelle zone più calde. I veicoli corazzati della "Mazza di Ferro" permisero così di rifornire i presidi sparsi sia lungo la costa che nell'interno dell'Istria, scortando l'autocolonna che settimanalmente espletava questa incombenza vitale. La colonna era in genere composta da una o due autoprotette, da autocarri e da un paio di motociclisti, che precedevano gli autoveicoli per individuare mine ed ordigni esplosivi, che potevano essere stati posti sulle strade dai partigiani. È difficile stabilire con precisione quante autoprotette furono realizzate per la "Mazza di Ferro", anche se alcune fonti fissano in 6 il numero di mezzi impiegati dalla Compagnia, tra cui almeno un FIAT 626 con le scudature riadattate di un FIAT 665 NM, un Lancia 3 RO blindato ed almeno due FIAT 665 NM Scudato.

Altri reparti della R.S.I.

Un altro FIAT 665 NM Scudato, di cui si è riusciti a ricostruire l'impiego ritrovare traccia, operava con il Reggimento Volontari Friulani "Tagliamento", ricevuto dalla Compagnia Comando del Reggimento all'inizio del 1944, probabilmente requisito all'Autocentro di Udine dove si trovava in deposito. Il grosso autocarro, armato con una mitragliatrice da 8 mm, veniva utilizzato frequentemente per effettuare puntate e pattugliamenti diurni e fu fatto più volte segno di attacchi partigiani. Nel corso di una di queste imboscate, il 26 agosto 1944, fu colpito da proiettili di fucile controcarro, immobilizzato e dato alle fiamme dai partigiani slavi.

Anche il XIV Battaglione Difesa Costiera dell'Esercito, dislocato nella zona di Gorizia, ricevette un autocarro blindato FIAT 665 NM, probabilmente all'inizio del 1945, e fu utilizzato sino al termine del conflitto per la scorta ai convogli ed era armato con una mitragliatrice da 8 mm.

Il Battaglione Bersaglieri Volontari "Benito Mussolini", costituito a Verona e dislocato in numerosi presidi fissi lungo la ferrovia Gorizia – Piedicolle, recuperò un semovente L40 all'inizio del 1944. Il mezzo fu raramente utilizzato in appoggio alle azioni antipartigiane compiute dal reparto e dopo alcuni mesi fu probabilmente abbandonato o ceduto ad altro reparto, perché non idoneo al tipo di guerra condotto dal reparto. Inizialmente dipinto in giallo sabbia, il semovente fu poi mimetizzato con larghe macchie di colore verde scuro.

Unità partigiane equipaggiate con corazzati italiani

Come abbiamo visto, nei giorni che seguirono l'Armistizio, i partigiani jugoslavi sottrassero alle forze armate del Regio Esercito italiane numerosi mezzi corazzati, recuperati perché abbandonati dai reparti italiani sbandati o catturati in combattimento. Questi blindati andarono a formare delle vere e proprie unità corazzate articolate, una situazione che invece non ebbe eguali all'interno del movimento resistenziale in Italia. In Dalmazia subito dopo l'8 settembre alcuni militari italiani passarono alla resistenza jugoslava, portando con loro due carri armati L6/40, che vennero impiegati in combattimento nei mesi successivi, andando persi il primo durante uno scontro ed il secondo nel corso di un attacco aereo. Il Comando Supremo Sloveno invece riuscì ad organizzare un Battaglione su tre Compagnie dotate di mezzi corazzati sottratti agli Italiani nel settembre 1943 nella regione di confine; si trattava di 30 carri L3 ed L6, di 15 autoblindo e di 12 veicoli blindati diversi (probabilmente autocarri con blindature di circostanza). Dopo pochi mesi di questo ingente bottino sopravvivevano solamente 10 carri armati, soprattutto L6, 6 autoblindo e 4 blindati, che furono presto persi durante scontri con le Forze Armate tedesche. Il Battaglione fu ricostituito nel giugno 1944, grazie ad altri mezzi blindati di produzione italiana catturati nella zona e a dicembre poteva disporre di 6 carri armati L6/40, 3 L3 e 3 autoblindo. Dopo avere perso tutti i blindati, il Battaglione fu nuovamente costituito per l'ennesima volta nel marzo 1945, sempre con carri armati di produzione italiana, e partecipò agli scontri degli ultimi giorni di guerra, entrando a Lubiana il 9 maggio. Un Battaglione composto da due Compagnie Corazzate ed una Comando e Servizi fu costituito con 16 carri tra L3 ed L6 e 2 AB41 catturate a Spalato. Le Compagnie furono impiegate in Dalmazia ed in Croazia, la maggior parte dei mezzi però fu persa, distrutta o catturata dai Tedeschi, durante la riconquista di Spalato. Con i tre carri superstiti fu costituita una sezione corazzata all'interno della 1ª Divisione Proletaria Jugoslava, sezione che operò in varie zone del Paese. Nell'autunno 1944 l'L3 e l'L6 superstiti furono incamerati dal V Corpus Jugoslavo, che li inserì in una Compagnia Corazzata, insieme ad altri mezzi italiani e francesi di preda bellica. La Compagnia "Lazo Marin", dal nome del suo primo comandante, entrò a Zagabria il 9 maggio 1945.

Anche gruppi di carristi italiani dopo l'8 settembre 1943 si accordarono con i movimenti di resistenza locali, opponendosi ai tedeschi, come accadde sia in Albania che in Jugoslavia, dove circa 40.000 italiani presero parte alla guerra di liberazione della Jugoslavia. Ricordiamo, a titolo di esempio, che già il 7 settembre 1943, due L6/40 si portarono presso la 13ª Brigata Proletaria "Rade Koncar". I due carri leggeri, che appartenevano verosimilmente alla 2ª Compagnia del 1° Battaglione del 31° Reggimento Fanteria Carrista dislocata nella località croata di Jastrebarsko, furono inquadrati in un reparto corazzato dipendente dal I Korpus dell'Esercito Popolare di Liberazione Jugoslavo e impiegati successivamente in combattimento dagli equipaggi italiani.

Reparti croati e sloveni equipaggiati con corazzati italiani

Il 10 aprile 1941, quattro giorni dopo l'invasione tedesca della Jugoslavia, la Croazia si dichiarò Stato indipendente, retto da un governo guidato da Ante Pavelic, capo dell'organizzazione politico - militare filofascista degli Ustaša. La Croazia, ovviamente alleata della Germania e dell'Italia, organizzò rapidamente delle Forze Armate: il giorno successivo alla dichiarazione d'indipendenza fu creata la Guardia Nazionale Croata (Hrvastko Domobranstvo), dipendente dal Ministero della Difesa. Il 16 aprile, furono organizzate le Forze Armate vere e proprie, costituite dall'Esercito (Kopnena Vojska), dall'Aeronautica (Zrakoplovstvo Nezavisne Drzave Hrvatske) e la Gendarmeria (Hrvastko Oružništvo). Gli Ustaša si trovarono comunque ad assumere una posizione di formazione paramilitare preminente, molto simile, nelle intenzioni di Pavelic, alle Waffen SS. La vastità e la natura del territorio croato, prevalentemente montuoso, e la necessità di tenere a bada sia i partigiani titini sia i Cetnici di Mihailovic furono i motivi che spinsero le autorità militari ad organizzare unità blindate di supporto alla Fanteria, chiedendo mezzi corazzati alla Germania ed all'Italia. La Germania fornì agli Ustaša nella primavera del 1941 un certo numero di carri armati di scarso valore bellico (tankette polacche e vetusti Renault FT17, prede belliche del disciolto esercito jugoslavo) e solo a dicembre 4 Panzer I, mentre l'Italia fornì 15 carri L3. Negli anni successivi fu incrementato il potenziale offensivo degli Ustaša, aggregando una compagnia corazzata a ciascuna delle prime 5 Brigate Ustaša, ognuna equipaggiata con 2/6 carri leggeri italiani; nello stesso periodo erano in fase di organizzazione anche 4 Brigate da Montagna e 4 Brigate Jäger e ciascuna di queste avrebbe dovuto avere in organico un Plotone Carri composto da 3 carri medi e 2 carri leggeri.

Con la capitolazione dell'Italia seguita all'Armistizio, i croati riuscirono ad accaparrarsi 26 carri leggeri L6/40 ed un numero imprecisato di semoventi L40 da 47/32, giacenti nei depositi italiani della costa dalmata; una decina di L6/40 furono catturati dagli Ustaša nelle zone di Jastrebarsko e Karlovac; a dicembre i Tedeschi fornirono dell'altro materiale, cedendo 13 carri L3, preda dell'Armistizio, alla IV Brigata Ustaša. Testimonianze fotografiche permetto di asserire con certezza che la milizia di Pavelic disponeva anche di autoblindo AB41 e di autocarri FIAT666 NM scudati, sebbene questi mezzi non figurino in alcun documento ufficiale. A partire dalla fine del 1943, i reparti corazzati degli Ustaša furono impiegati principalmente in tre aree: a sud ovest ed a nord di Zagabria (Zagoje) e nel settore di Gospic.

All'inizio del 1944, anche le Brigate da Montagna e di Jäger risultavano equipaggiate con carri L3 italiani, e, nella primavera del '44 i Tedeschi cedettero 4 semoventi italiani L40, che andarono ad equipaggiare il Reggimento d'Artiglieria della Guardia di Pavelic. A novembre, Ante Pavelic decise la fusione tra l'Esercito e l'Ustaša Vojnica, che ormai deteneva il primato in termini di potenziale militare, in una forza armata unitaria, l'Hrvastke Oruzane Snege, mentre la Guardia del Poglavnik mantenne la sua indipendenza. Il Reggimento Mobile dell'Esercito confluì nella Compagnia Blindata della Guardia del Poglavnik, che andò sempre più ad assumere la struttura di una Divisione meccanizzata, diventando infatti nel gennaio 1945 Poglavnikova Tjelesna Divjzia (P.T.D.).

I primi mesi del 1945 videro accrescere l'intensità della pressione dei partigiani titini e, di conseguenza, l'impegno dei reparti blindati croati si moltiplicò. Per ordine diretto di Pavelic, nei primi giorni di maggio si concentrò a Zagabria il grosso delle Forze Armate croate; l'ordine era di spostarsi verso l'Austria, in modo da sfuggire alla morsa titina. Oltre ai carri della P.T.D., furono rimessi in efficienza anche carri armati in fase di riparazione, in modo da garantire un'efficace protezione durante il progettato ripiegamento. Sostenendo pesanti combattimenti, i croati raggiunsero la frontiera austriaca il 14 maggio, dove furono sostenuti gli ultimi combattimenti. I sopravvissuti furono concentrati nel campo di prigionia britannico di Grafenstein, nei pressi di Klagenfurt, ma molti di loro furono poi prelevati da partigiani jugoslavi e molti militari furono passati per le armi.

I reparti corazzati croati che ricevettero carri armati italiani furono:

- Compagnia Carri della I Brigata Ustaša
- Compagnia Carri della III Brigata Ustaša
- Compagnia Carri della IV Brigata Ustaša
- Compagnia Carri della V Brigata Ustaša
- Compagnie Carri del P.T.B.
- Ustaša Obrana (Reparto di Difesa Ustaša)
- 1ª Compagnia Carri Leggeri della 1ª Divisione da Montagna
- Plotone Carri della 1ª Brigata da Montagna
- Plotone Carri della 3ª Brigata da Montagna
- Plotone Carri della 4ª Brigata da Montagna
- Plotone Carri della 3ª Brigata Jäger
- Plotone Carri della 4ª Brigata Jäger
- Compagnia Blindata di Riserva (indicata anche come Comando Corazzato di Riserva)
- Plotone Carri Leggeri del I Battaglione Trasporti

Nel settembre 1943, a seguito della resa italiana, la Slovenia fu occupata dalle truppe tedesche, passando sotto le dirette dipendenze del Gauleiter della Carinzia Rainer. Nello stesso mese di settembre, fu creata una milizia collaborazionista a prevalenza volontaria, la Guardia Territoriale Slovena (Slovensko Domobranstvo), per supportare le Forze Armate germaniche nel contrasto all'E.P.L.J., comandata da Leon Rupnik, già generale dell'esercito jugoslavo; fu equipaggiata dai Tedeschi con armi sequestrate agli italiani dopo l'Armistizio del 1943 e fu addestrata dalle SS tedesche. Alla fine dell'estate del 1944 i Domobranci ricevettero dai Tedeschi un numero non precisato di semoventi da L40 da 47/32, alcuni dei quali di produzione tarda, cioè con la casamatta modificata ed allargata, ed armati con una mitragliatrice Breda 38 con scudatura. I corazzati furono impiegati da reparti stanziati nell'area di Lubiana; secondo un documento partigiano alla fine del 1944 i Domobranci disponevano di 6 "carri armati", probabilmente tutti semoventi L40 ed erano alle dipendenze della Ordnungspolizei Pol. Pz. Kp. 14. I reparti dei Domobranci utilizzarono anche autocarri con blindature artigianali di origine italiana e fornirono equipaggi per alcuni treni blindati che operavano in Slovenia.

▲ Nei Balcani il giorno stesso in cui fu resa pubblica la firma dell'Armistizio alcune unità corazzate del Regio Esercito continuarono a combattere accanto ai reparti germanici; nella foto, un semovente da 75/18 con equipaggio italiano durante una azione con militari tedeschi nei Balcani (*B.A.*).

▼ Un carro L3 lanciafiamme abbandonato nel parco di Spalato dopo i combattimenti successi nei giorni successivi all'Armistizio (*Crippa*).

▲ Carri armati italiani in appoggio ad unità tedesche nei giorni successivi all'Armistizio.

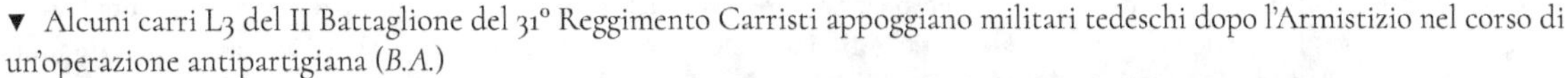

▲ I carri leggeri del II Battaglione del 31° Reggimento Carristi ricevettero dei rettangoli bianchi, con il lato lungo in verticale, come simbolo identificativo per i mezzi che operavano in collaborazione con i militari tedeschi dopo l'Armistizio nei Balcani (*B.A.*).

▼ Alcuni carri L3 del II Battaglione del 31° Reggimento Carristi appoggiano militari tedeschi dopo l'Armistizio nel corso di un'operazione antipartigiana (*B.A.*)

▲ Ufficiali carristi del II Battaglione del 31° Reggimento Carri a colloquio con un ufficiale tedesco. Dietro di loro un carro L6/40 del reparto (*B.A.*).

▼ Carro L6/40 del II Battaglione del 31° Reggimento Carri impegnato nel recupero di un autocarro tedesco. Si nota la testa di leone dipinta sul fronte della casamatta ed i rettangoli bianchi, con lato lungo in verticale, tipici dei carri di questa unità che appoggiarono le forze armate tedesche dopo l'Armistizio (*B.A.*).

▲ Autoblindo AB41 del III Battaglione del 31° Reggimento Carristi in perlustrazione tra le colline del Montenegro, in appoggio ad un gruppo di militari tedeschi, nei giorni successivi all'Armistizio (*B.A.*).

▼ Un L3 della 6a Compagnia del III Battaglione Carristi appoggia l'avanzata di un reparto di Jager germanici in Montenegro nel tardo settembre 1943 (*B.A.*).

▲ Bellissima istantanea di un carrista del III Battaglione del 31° Reggimento, che continuò a combattere accanto ai tedeschi in Montenegro dopo l'Armistizio; da notare le stellette al bavero (*B.A.*).

▲ Un altro carro dello stesso Battaglione in appoggio ad un reparto di Alpini tedeschi (*B.A.*)

▼ Carri L3/33 del III Battaglione del 31° Reggimento Carristi in Montenegro dopo l'armistizio. Si notano in maniera chiara sia la colorazione mimetica a macchie verdi su fondo marrone che il numero arabo in bianco, su uno sfondo più chiaro rispetto al resto del carro, probabilmente giallo, agli angoli della casamatta (*Crippa*).

▲ Militari tedeschi osservano gli effetti dei tiri d'artiglieria sulle postazioni nemiche, protetti da due carri L3 ed un'autoblindo AB41 del III Battaglione del 31° Reggimento Carristi (*B.A.*)

▼ Uno dei carri leggeri L3/35 del III Battaglione del 31° Reggimento Carristi a Niksic dopo l'8 settembre (*Ratti*)

▲ Semovente da 75/34 del Gruppo Squadroni Corazzati "San Giusto" nella livrea giallo sabbia originaria, particolare che fa datare la foto alla seconda metà del 1944, quando fu consegnato al reparto (*Arena*).

▲ L3 del Gruppo Squadroni Corazzati "San Giusto" ripreso presso il cortile della Scuola Industriale di Mariano del Friuli (GO), sede del reparto, nell'autunno 1944. Sulla scudatura delle mitragliatrici è dipinto lo stemma del reparto mentre sulle fiancate della casamatta sono ancora presenti i simboli tattici del Regio Esercito (*Benvenuti – Colonna*).

▼ Nell'autunno 1944 molti mezzi del "San Giusto" ricevettero una mimetica molto complessa, realizzata con un fitto reticolo di macchie marroni e verdi sul fondo giallo sabbia, come questo carro M13/40, che reca, accanto al visore del pilota, il tricolore sventolante con il carro nero, ultima versione dello stemma del reparto. Curiosa, infine, la presenza dei due rulli di rinvio di scorta sui paraurti anteriori.

▲ Fotografia ravvicinata dello stesso carro della fotografia precedente, che permette di apprezzare il complesso schema mimetico e lo stemma del Gruppo "San Giusto" nella sua configurazione finale (*Viziano*).

▼ M13/40 e semovente da 75/34 del "San Giusto" alla fine del 1944, entrambi con la nuova colorazione mimetica; il semovente non ha il simbolo del Gruppo, come ha invece il carro, accanto alla posizione delle mitragliatrici (*Arena*).

▲ Uno dei due semoventi da 47/32 del "San Giusto" nelle campagne di Mariano del Friuli (GO) nel febbraio 1945. Il mezzo appare pesantemente mimetizzato (*Pisanò*).

▼ Autocarri di reparti della R.S.I. nella piazza di Capodistria nel novembre 1943 nel corso di una manifestazione a favore del neo ricostituito Esercito. In primo piano un FIAT 626 della Compagnia "Mazza di Ferro", a cui è stata adattata una blindatura del più grande FIAT 665 NM Scudato, mimetizzato nei classici tre colori giallo sabbia, marrone e verde (*M.N.Z.*).

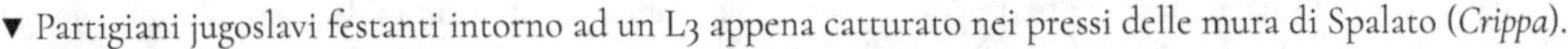

▲ Due autocarri FIAT 665NM Scudati probabilmente della Compagnia "Mazza di Ferro" del 2° Reggimento M.D.T. in Istria. Interessante la mimetica a bordi netti del primo mezzo e la presenza di una torretta artigianale su entrambi gli autocarri (*Crippa*).

▼ Partigiani jugoslavi festanti intorno ad un L3 appena catturato nei pressi delle mura di Spalato (*Crippa*).

▲ Un L6/40 del III Battaglione del 31° Reggimento Carristi, di cui si riconosce il simbolo sulla casamatta, appena catturato dai titini subito dopo l'Armistizio (*Crippa*).

▼ Il primo di questi due L6/40, finiti nelle mani dei partigiani croati, reca ancora evidente la testa di Topolino, simbolo del III/31° Battaglione Carristi del Regio Esercito, e la targa "RE 5219" (*Crippa*).

▲ Autoblindo AB41 del Battaglione Corazzato dei partigiani di Spalato; la macchina ha la tipica mimetica italiana a tre colori (macchie marroni e verdi su fondo giallo sabbia) e curiosamente reca ruote di scorta con gommatura "Libia", benché sul mezzo siano montati pneumatici "Artiglio" (*Crippa*).

▼ Sezione di carri leggeri L3 del N.O.V.H. Tenkbatalion, Battaglione Carri costituito dall'E.P.J.L. in Croazia (*Crippa*).

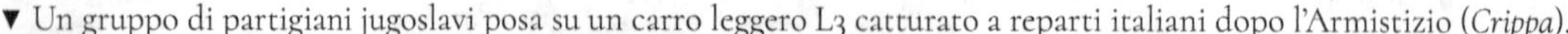

▲ Autoprotetto AS37 catturato da partigiani slavi, a cui è stato applicata una protezione aggiuntiva superiore (*Crippa*).

▼ Un gruppo di partigiani jugoslavi posa su un carro leggero L3 catturato a reparti italiani dopo l'Armistizio (*Crippa*).

▲ Lo stesso carro della foto precedente in marcia: si noti la mancanza delle mitragliatrici (*Crippa*).

▲ Un carro L6/40 utilizzato dai partigiani titini (*Crippa*).

▲ Una sezione blindata del dell'Esercito Popolare di Liberazione Jugoslavo formato da un carro L3 ed un carro L6 (*Crippa*).

▼ Soldati dell'Esercito Popolare di Liberazione Jugoslavo fotografati a Trieste al termine del conflitto. È presente anche un carro italiano CV33, apparentemente ridipinto in un colore chiaro, forse sabbia (*Arena*).

▲ Dopo l'Armistizio nei Balcani le forze armate tedesche si impadronirono di numerosi carri armati abbandonati dai reparti italiani e li reimpiegarono nella lotta contro i partigiani slavi, come questo L6/40 (*Benvenuti – Colonna*).

▲ La foto ritrae con ogni probabilità una delle autoblindo Lancia catturate a Dubrovnik dai tedeschi, al termine degli scontri avvenuti in città contro il Gruppo Carri "San Marco" il 13 settembre 1943.

▼ Un carro armato della 16.Polizei-Panzer Kompanie, formata nel giugno 1944 in Croazia ed equipaggiata con 8 carri L3 e 2 semoventi L40.

▲ Sulla copertina di questa rivista dedicata agli Ustaša appare uno dei carri L6/40 catturati dalla formazione di Pavelic nei giorni immediatamente successivi all'Armistizio.

▲ Sebbene non menzionate nei documenti, questa fotografia testimonia l'impiego da parte di unità degli Ustaša di autoblindo italiane AB41. Il fatto che il mezzo non sia utilizzato dai reparti della 369. o della 373. (kroatische) Infanterie-Division, dipendenti dalle Forze Armate tedesche, che ebbero in carico questo tipo di autoblindo, è testimoniato dalla presenza, sulla scudatura posteriore della casamatta, del tipico simbolo della formazione di Pavelic. Questa autoblinda, ripresa a Varazdin nel 1944, apparterrebbe infatti alla 3a Compagnia Corazzata del P.T.B.

▲ Colonna di carri L3 di una Brigata Ustaša nell'inverno 1943; si apprezza la colorazione interamente verde dei carri e lo stemma della formazione di Pavelic sulla scudatura anteriore degli L3.

▼ Colonna di carri L6/40 e di autocarri italiani, impiegati dagli Ustascia, nella via principale di un villaggio croato.

▲ Semoventi dei Domobranci durante la cerimonia di giuramento nello stadio di Lubiana. Il mezzo in secondo piano sembra avere la casamatta del primo tipo, non allargata e si nota come le chiazze della mimetica siano di due colori, probabilmente marroni e verdi.

BIBLIOGRAFIA

- Barlozzetti Ugo, Pirella Alberto, *"Mezzi dell'Esercito italiano 1935 – 1945"*, Editoriale Olimpia, Firenze, 1986.
- Benvenuti Bruno, Colonna Ugo, *"Fronte Terra"* volumi 1, 2/I, 2/II e 2/III, Edizioni Bizzarri, Roma 1974.
- Campini Dino, *"Nei giardini del Diavolo"*, Longanesi, Milano, 1969.
- Cappellano Filippo, Pignato Nicola, *"Gli autoveicoli da combattimento dell'Esercito Italiano"*, volumi I e II, S.M.E. – Ufficio Storico, Roma, 2002.
- Ceva Lucio, Curami Andrea, *"La meccanizzazione dell'Esercito fino al 1943"*, S.M.E – Ufficio Storico, Roma, 1989.
- Corbatti Sergio, Nava Marco, *"Come il diamante"*, Laran Editions, Bruxelles, 2008.
- Crippa Paolo, *"I mezzi corazzati italiani della guerra civile 1943-1945"*, Mattioli 1885, Fidenza (PR), 2015.
- Crippa Paolo, *"I Reparti Corazzati della Repubblica Sociale Italiana 1943 -1945"*, Marvia Edizioni, Voghera (PV), 2006.
- Crippa Paolo, *"Italia 43-45 - I blindati di circostanza della guerra civile"*, Mattioli 1885, Fidenza (PR), 2014.
- Cucut Carlo, *"Le Forze Armate della R.S.I. 1943 – 1945 – Forze di terra"*, G.M.T., Trento, 2005.
- De Lorenzis Ugo, *"Dal primo all'ultimo giorno. Ricordi di guerra 1939 - 1945"*, Longanesi, Milano, 1971.
- Di Colloredo Mels Pierluigi Romeo, *"Controguerriglia – La 2° Armata italiana e l'occupazione dei Balcani 1941 – 1943"*, Luca Cristini Editore, 2019, Bergamo.
- Giusti Maria Teresa, Rossi Aga, *"Una guerra a parte. I militari italiani nei Balcani, 1940-1945"*, Il Mulino, Bologna, 2017.
- Panetta Rinaldo, *"Il ponte di Klisura. I carristi italiani in Albania 1940 – 1941"*, Mursia, Milano, 1975.
- Pignato Nicola, *"Motori!!! Le truppe corazzate italiane 1919 – 1994"*, GMT, Trento, 1995.
- Pignato Nicola, *"Un secolo di autoblinde in Italia"*, Mattioli 1885, Parma, 2008.
- Pisanò Giorgio, *"Gli ultimi in grigioverde"*, Edizioni F.P.E., Milano, 1967.
- Predoević Dinko, Dimitrijević Bojan, *"Oklopne postrojbe Sila Osovine na jugoistoku Europe u Drugome svjetskom ratu"*, Despot Infinitus d.o.o., Zagabria (Croazia), 2015.

TITOLI PUBBLICATI - ALREADY PUBLISHING

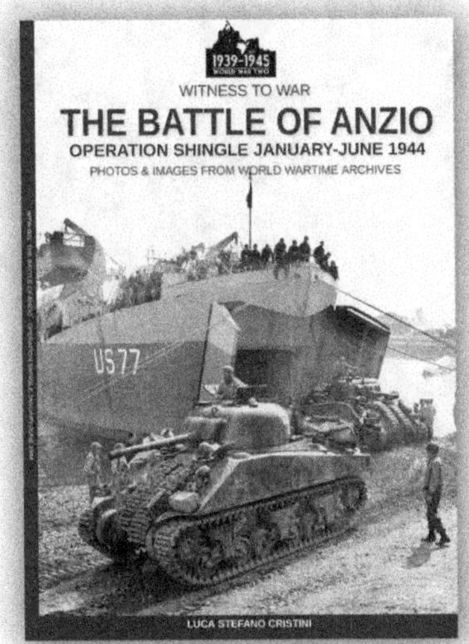

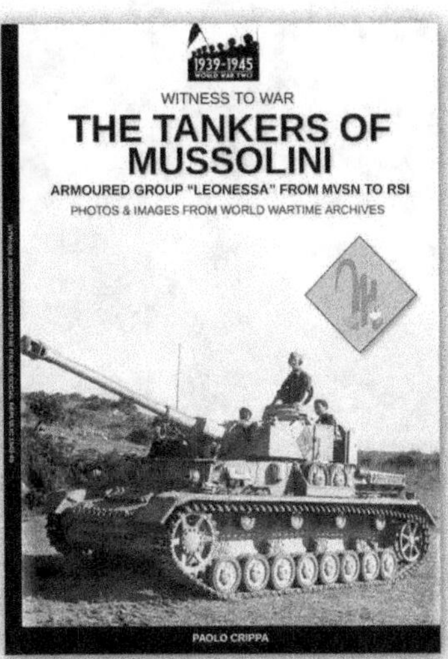

SOLDIERSHOP PUBLISHING

BOOKS TO COLLECT